Paul Koglin

Data Mining: *Meine Nacht mit Steve*

… und weitere Kurzgeschichten

Verlag: BoD · Books on Demand GmbH,
In de Tarpen 42, 22848 Norderstedt, bod@bod.de
Druck: Libri Plureos GmbH, Friedensallee 273,
22763 Hamburg
ISBN: 978-3-7693-1340-6

Handlung und Personen der Kurzgeschichten sind
frei erfunden. Ähnlichkeiten mit lebenden Personen wären rein zufällig und sind nicht beabsichtigt.

Die Cover-Bilder sind aus einer kostenlosen Bild-
datei. Dass Portraitfoto stammt von Bärbel Suling.

Inhalt

Data Mining: *Meine Nacht mit Steve*

Die Kraftwerke

Als ich wie an jedem Arbeitstag auf meinem Feierabendweg nach Hause auf der Energiestraße zwischen Grevenbroich und Rommerskirchen die beiden Kraftwerke passiere, hat mich das *Thema* wieder eingeholt!

Dort vor mir an der Straße liegen sie an diesem trüben Januarabend. Die Kraftwerke. Wie eine gespenstische Hülle, auf der rechten Seite zunächst das Kraftwerk Frimmersdorf. Tot. Bereits länger abgeschaltet. Vom Netz genommen. Vom Nebel umwabert. Wie eine Fata Morgana. Ein riesiger Beton- und Stahlkoloß in der dunstigen Dämmerung darnieder liegend. Verfallend. Unnütz.

Dann kommt auch schon an der linken Straßenseite Neurath in Sichtweite. Noch in Betrieb. Die Kühltürme, aus denen die weißen Wolken sich im verschwindenden Licht des Tages auftürmend mit dem Nebel vermischen. Das Kraftwerk mit seinen glatten hohen Wänden, dessen Fassaden hochhausgleich in den Himmel wachsen.

Inzwischen zu Hause angekommen parke ich mein E-Auto auf der Straße. Mir fällt gerade noch rechtzeitig ein, dass meine Frau heute beim Yogakurs ist und die Auffahrt zur Garage für ihr Auto freibleiben muss.

In der Küche mache ich mir schnell ein Käsebrot. Den Teller mit den beiden belegten Schwarzbrotschnitten und ein Glas Wasser nehme ich in mein Arbeitszimmer mit auf die erste Etage.

Große Pläne und Riesensummen

Ich setze mich an meinen Schreibtisch und schalte den Computer ein. Ich schaue zunächst nach, ob heute Abend noch neue E-Mails auf meinem Account bei der Stadt aufgepoppt sind. Als PR-Sprecher und Leiter der Kommunikation bei der Stadtverwaltung gehört es zu meinem Pflichten, ständig auf dem Laufenden zu sein. Bisher hat der Bürgermeister noch nichts schriftlich auf den Weg gebracht, was er nach Dienstschluss oftmals gerne tut.

Ich knipse meine altmodische, silberfarbene Schreibtischlampe an, richte das Licht auf mein Handy und scrolle durch die Headlines: *„Trump legte los! Unterzeichnete viele Dekrete bereits an seinem ersten Arbeitstag!"* Damit habe ich gerechnet. Das hat Trump auch angekündigt.

Eine Meldung heute Nachmittag überrascht mich aber doch: „*Stargate*!" Und das Bild dazu hat sich bei mir eingeprägt: Trump am Rednerpult im Weißen Haus und daneben lauschen Softbank-Chef Masayoshi Son, Oracle CEO Larry Ellison und OpenAI Gründer Sam Altman konzentriert seinen Worten.

Trump kündigt Milliardeninvestitionen mehrerer Konzerne in die Infrastruktur für Künstliche Intelligenz (KI) an. Insgesamt 500 Milliarden Dollar. 100 Milliarden davon sollen zunächst in das Gemeinschaftsunternehmen „*Stargate*" investiert werden.

KI braucht Unmengen von Strom. Die auf KI ausgelegten Rechenzentren „Hyperscaler-Data Centers" haben einen ungeheuren Energiebedarf. Und das weiß ich aus berufenem Munde. War ich doch Anfang des letzten Jahres tief in der Materie drin, als das Land NRW ankündigte, das Rheinische Revier zu einer zentralen Digital- und Quantenregion zu entwickeln.

Im Zuge des geplanten Kohleausstiegs bis 2030 und der damit einhergehenden Transformation: Von der Kohle zur KI, wie es die Landesregierung vollmundig formuliert hat. Bund und Land stellen für dieses gewaltige Projekt des Strukturwandels bis 2038 insgesamt 14,8 Mrd. € zur Verfügung.

Bisher sind 177 Einzelprojekte mit einem Fördervolumen von 1,53 Mrd. € aus dem Landeshaushalt bereits bewilligt.

Von diesem Kuchen könnte auch das Kraftwerk Frimmersdorf etwas abbekommen. Das ehemalige Kohlekraftwerk soll zu einem Symbol des Strukturwandels, ein Digital- und Innovationsstandort werden.

Ich habe entsprechende Pressemeldungen in Abstimmung mit meinen Kollegen aus den Nachbarstädten Bedburg und Bergheim verfasst. Darin habe ich beschrieben, warum meine Heimatregion für den Aufbau entsprechender Dateninfrastrukturen besonders geeignet ist, liegt sie doch geostrategisch ideal an der Kreuzung bedeutender überregionaler Datentrassen und wird als europäische Modellregion für Energieversorgungssicherheit auch nach dem Ausstieg aus der Braunkohleverstromung eine hohe Stromversorgungsicherheit bieten können.

Soweit die etwas gestelzten offiziellen Verlautbarungen. Und all die schönen Ankündigungen und Pläne, über die auch im *WDR-Fernsehen* und in den lokalen Tageszeitungen wie in der *Neuß-Grevenbroicher-Zeitung (NGZ)* berichtet wurde.

Ich bin mir heute nicht mehr so sicher, ob und vor allem wann das alles so wie geplant umgesetzt werden würde. Bin ich dann noch im Job, frage ich mich mit meinen 58 Jahren auf dem Buckel? Ist doch mittlerweile der Ausstiegstermin 2030 wieder zurück in der politischen Diskussion, gerade in diesen Wahlkampfzeiten.

Tief in meinen Gedanken versunken, antworte ich zunächst nicht, als meine Frau von unten ruft: „Roo-bäärt, wo bist du? Dein Auto steht doch vor der Tür."
„Babs, ich bin hier oben im Büro!"
„Hast du schon etwas zu Abend gegessen?"
„Ja!"
„Okay, ich mach mir dann auch schnell was zu essen und schaue dabei die Tagesschau!"

Die kopflose Barbara

Auf meinem Mail-Account habe ich heute zwei Mails noch nicht gelesen, da ich den ganzen Tag in Meetings war. Im Betreff der ersten E-Mail steht: *„Figurenfund bei Ausgrabungsarbeiten"*. Absender ist meine Kollegin aus dem Stadtarchiv. Die zweite E-Mail kommt von unserem Integrationsbeauftragten bei der Stadt. Ich öffne die erste Mail:

„Bei einem Grabungsprojekt am Tagebau Hambach ist eine mittelalterliche Barbarafigur nach Jahrhunderten ausgerechnet dort gefunden worden, wo sie als Schutzpatronin verehrt wird und wo noch täglich Bergleute im Einsatz sind. Die etwa 8 cm große Statue wurde von den Archäologen fast übersehen. Sie versteckte sich in einem Haufen lehmiger Erde auf einer Baggerschaufel.

Die Fachleute vermuten, dass die spätgotische Tonpfeifenfigur von einem Kunsthandwerkerbetrieb in Köln im letzten Viertel des 15. Jahrhunderts hergestellt wurde und auf einem Hausaltar eines Hofes stand. Dass Figuren nach so langer Zeit ohne Kopf gefunden werden, sei für die Archäologen keine Überraschung."

Ein Foto der gefundenen Barbarafigur ist unter dem Text abgebildet. Ich schaue genauer auf das Bild. Der Figur sieht man ihr Alter nicht unbedingt an. Die Falten des bis zu den Füßen reichenden Gewandes und die Hände sind noch sehr deutlich zu erkennen. In der linken Hand hält die heilige Barbara einen Turm.

Ich lese weiter in und beiße dabei in mein Käsebrot:

Der Sage nach sperrte ihr Vater Dioskuros seine Tochter Barbara in einem Turm ein, um zu *verhindern, dass sie sich taufen ließ und zur Christin wurde. Als dies dann aber trotzdem geschah, brachte Dioskuros seine Tochter zum römischen Landpfleger Martian, der sie grausam quälte und malträtierte. Entsprechend der Legende heilte ein Engel des Herrn über Nacht all ihre Wunden. Als Barbara ihrem Glauben treu blieb, zu Gott betete und sich nicht durch weitere Misshandlungen einschüchtern ließ, verurteilte Martian sie zum Tode durch Enthauptung, vollzogen durch ihren eigenen Vater.*

Der Zeitpunkt des Martyriums und Todes der heiliggesprochenen Barbara fiel in die Regierungszeit des Kaisers Maximinus Daia (305, 310–313 n. Chr.). Ort des Geschehens war Nikomedien, ein Gebiet in der Türkei, westlich von Konstantinopel, heute Istanbul.
Dies alles soll an einem 4. Dezember geschehen sein.

Ich erinnere mich an meine Kindheit. Am Tag der heiligen Barbara gab es Geschenke für mich und meine Geschwister, meistens Süßigkeiten, die mein Vater, sowie sonst auch sonntags, wenn er Schicht hatte, am Vortag des 4. Dezember im Kiosk des *Elektroschmelzwerks* gekauft und dann am nächsten Morgen auf die entsprechenden Teller des gedeckten Kuchentischs verteilt hatte.

In meinem DIN A5-Zeugnisheft der Volksschule im gelben Umschlag wurde fälschlicherweise als Beruf meines Vaters Bergarbeiter angegeben. Wahrscheinlich hatte sich die Schulverwaltung oder meine erste Lehrerin gedacht, Väter können nur bei *Rheinbraun* (verkürzt) arbeiten. Damit waren die *Rheinischen Braunkohlenwerke* gemeint, eine 100%-ige Tochter der *RWE AG*. Arbeitgeber meines Vaters war aber das *Elektroschmelzwerk* in Frechen-Grefrath.

Die Nähe zu den Kraftwerken aus der Verstromung der Braunkohle mit günstigen Stromkosten als Standortvorteil. In diesem Werk wurde Siliziumkarbid geschmolzen als Rohstoff für feuerfeste Heizelemente, zum Einsatz in der optischen Industrie und als Halbleitermaterial für Photodioden und Leistungselektronik. Aus dem gleichen Grund siedelten sich auch die extrem energieintensiven Aluminiumwerke im Rhein-Kreis Neuss in unmittelbarer Nähe der Kohlekraftwerke an.

Vor ein paar Tagen habe ich noch etwas gelesen vom Unternehmen, in dem mein Vater bis zum Ende der 1970-er Jahre tätig gewesen ist. Im *Kölner Stadtanzeiger* stand ein Artikel über den Eigentümerwechsel des Unternehmens. Die *ESK-SIC*, so lautet mittlerweile der Name des Unternehmens und die *Schunk Group*, der Käufer, seien schon seit langer Zeit Partner und vermarkten gemeinsam innovative Lösungen für den diamant-harten 3D-Druck, der in der Chip Industrie zum Einsatz kommt.

Gutes Stichwort: Die Chip Industrie passt zu meinem *Thema* am heutigen Abend. Als ich gerade die Internet-Seite dafür öffnen will, steckt meine Frau den Kopf durch die Tür meines Arbeitszimmers:
„Ich bin ziemlich müde, hatte ‚nen anstrengenden Tag. Ich geh' ins Bett und lese noch was in meinem Krimi. Wann kommst du nach? Was machst du da eigentlich? Roobäärt?"
„Äh, Data Mining, Babs!"
„Was zum Teufel soll das denn sein? Hört sich irgendwie spinnert an!"
Überrascht darüber, was ich meiner Frau antworten soll, sage ich…:
„…Ich schürfe in meiner Fantasie!"
„Na, dann schürf mal schön!"
Meine Frau kommt kurz ins Zimmer, räumt das Geschirr ab, gibt mir schmatzend einen Kuss auf den Mund und geht zurück zur Tür.
„Gute Nacht, Robert."
„Schlaf gut, Babs."

Steve Brosinski

Jetzt endlich kann ich meinen Versuch starten, mein *Thema* behandeln, meine Fragen stellen. In den Dialog treten. Ich bin gespannt, ob ich mit den Antworten etwas anfangen kann.

Ich öffne die ChatGPT-Seite und tippe ins Fragefeld:

„Hallo und guten Abend. Ich heiße Robert Steiger. Du kannst mich Rob nennen – so wie meine Freunde."

Ich halte inne und denke kurz nach. Es ist wohl besser, mein Gesprächspartner, mein Sparringspartner, mein Antwortgeber heute Abend hätte auch einen Namen. Ich könnte ihn *Bro* nennen. *Bro?* Der Name passt nicht zu mir, einem PR-Mann Ende Fünfzig. Der Name gehört wohl eher in die Rapper Szene. Mein Pendant heute soll auch einen Vornamen haben. *Steve* fällt mir nach kurzem Nachdenken ein. *Steve,* der Vorname von Steve Jobs. Mit dem hat ja alles angefangen bzw. sich alles beschleunigt in der Tech-Datenwelt. Game Changer Steve Jobs! Disruptor Steve Jobs! Okay, aber einen Nachnamen will ich Steve auch geben. Bro, Bro-sinski finde ich gut. Steve Brosinski!

„Okay Steve Brosinski. Dann lass uns anfangen, Steve!" Aber antworte mir bitte mit Fakten, mit belegten, ge- und überprüften Tatsachen. Kein Fake. Kein Bullshit!"

Und ich muss dabei wieder an Trump denken. Ich sehe Sam Altman, den OpenAI Gründer, auf dem Bild neben Trump.

„Also Steve, mach Sam, deinem Spiritus Rector, keine Schande. Legen wir los: Was verstehst du unter Data Mining?" (An dieser Stelle muss ich ihnen sagen, dass ich nicht alle Details, die Steve zu den einzelnen Fragen in seinen Antworten genannt hat, hier wiedergebe, sondern meistens nur die Zusammenfassungen.)

„Data Mining ist der Prozess der systematischen Analyse großer Datenmengen, um verborgene Muster, Zusammenhänge oder Trends zu entdecken und daraus nützliche Informationen abzuleiten. Es kombiniert Techniken aus den Bereichen Statistik, maschinelles Lernen und Datenbanken.

Die Hauptaufgabe von Data Mining besteht darin, aus rohen Daten verwertbare Erkenntnisse zu gewinnen, die Entscheidungen oder Strategien unterstützen können.

Data Mining ist kein Synonym für „Datenanalyse". Es fokussiert sich auf das automatisierte Entdecken komplexer Muster, während die klassische Datenanalyse oft manuell und hypothesenbasiert erfolgt.

Das war eine klare, faktenbasierte Einführung. Brauchst du mehr Details zu einem der Aspekte?"

„Vielen Dank, Steve. Das war schon einmal ein toller Start in unsere Session heute Abend. Um systematisches Data Mining zu betreiben, braucht man entsprechende Rechenzentren. Auch Hyperscaler-Data Centers genannt. Was machen diese Rechenzentren genau?"

„Gern geschehen, Rob! Freut mich, dass der Start gepasst hat.

Dann tauchen wir gleich in die Hyperscaler-Rechenzentren ein und klären, was sie so besonders macht. Hyperscaler-Rechenzentren (oder einfach Hyperscaler) sind extrem große, leistungsstarke Rechenzentren, die von globalen Technologiegiganten wie Amazon (AWS), Microsoft (Azure), Google (GCP) oder Meta betrieben werden. Sie sind speziell darauf ausgelegt, massive Mengen an Daten zu speichern, zu verarbeiten und Dienste skalierbar anzubieten – egal ob für Privatpersonen, Unternehmen oder Forschungseinrichtungen.

"Hyperscaler" leitet sich von der Fähigkeit ab, IT-Infrastruktur dynamisch und schnell zu skalieren (horizontal und vertikal), je nach den Anforderungen der Nutzer.

Diese Rechenzentren bieten Cloud-Computing-Dienste, sie verarbeiten und speichern Daten, z.B. für Anwendungen bei Big Data Analytics, Machine Learning und natürlich Data Mining. Hyperscaler stellen skalierbare IT-Ressourcen bereit für On-Demand-Zugriff auf Rechnerleistung, Speicher oder Netzwerke. Beispiel: Ein Unternehmen kann kurzfristig Rechenleistung für einen großen Analysetask hochfahren und nach Beendigung wieder zurückfahren – kosteneffizient.

Hyperscaler betreiben globale Netzwerke und verbinden Rechenzentren weltweit miteinander, um Dienste redundant, hochverfügar und ausfallsicher zu machen. Aber vor allem sind sie die treibende Kraft hinter KI-Entwicklung und Deep Learning.

Sie sind - zusammenfassend - skalierbar, effizient, nachhaltig, redundant und sicher durch ihre fast 100%-ige Verfügbarkeit. Sie können nahtlos von wenigen Gigabytes bis hin zu Exabytes wachsen. Hyperscaler sind das Rückgrat der digitalen Infrastruktur. Sie bieten die Power, die Data Mining und viele andere datengetriebene Prozesse benötigen.

Hast du dazu noch mehr Fragen oder sollen wir in ein bestimmtes Detail tiefer eintauchen?"

„Vielen Dank, Steve. Du hast jetzt einige Bei-spiele von „Hyperscaler" genannt. Gibt es solche Rechenzentren auch in Europa? Und wenn ja, von welchen Unternehmen und in welchen Län-dern?"

„Gerne, Rob. Es gibt in Europa zahlreiche Hyper-scale-Rechenzentren, die von verschiedenen Un-ternehmen betrieben werden. Diese befinden sich in mehreren Ländern und dienen dazu, die stei-gende Nachfrage nach Cloud-Diensten, Datenver-arbeitung und -speicherung zu decken. Hier sind einige Beispiele:

Frankfurt ist ein zentraler Knotenpunkt für Re-chenzentren in Europa, hauptsächlich aufgrund seiner Infrastruktur und der Nähe zum DE-CIX, ei-nem der weltweit größten Internetknoten. Unter-nehmen wie e-shelter (jetzt NTT Global Data Cen-ters), Equinix und Interxion betreiben hier große Rechenzentren. Der e-shelter Campus in Frankfurt gilt als einer der größten Rechenzentrumsstan-dorte Europas mit einer Fläche von etwa 65.000 m².

Auch Berlin entwickelt sich zu einem wichtigen Standort für Hyperscale-Rechenzentren. Unter-nehmen wie Vantage Data Centers haben hier neue Einrichtungen eröffnet, um den Bedarf von Hyperscalern und Cloud-Anbietern zu decken.

Rheinisches Revier (Nordrhein-Westfalen): Microsoft plant den Bau großer Rechenzentren in Bedburg und Bergheim, um die Region zu einer führenden KI-Region zu entwickeln. Diese sollen bis 2026 in Betrieb gehen.

Auch in den Niederlanden, in Frankreich, in Polen sind Hyperscaler im Einsatz."

„Danke Steve. Du hast schon die Pläne im Rheinischen Revier angesprochen. Wenn ich dich jetzt frage, z. B. 50 % der Kapazitäten, die in Frankfurt am Main zu bestehen, auch im Rheinischen Revier zu errichten, wie hoch wäre dann die Rechenleistung und wie hoch wären die Investitionskosten für einen derartigen Hyperscaler?"

„Das ist eine spannende Frage, Rob! Lass uns das grob überschlagen, basierend auf dem, was wir über Hyperscaler-Rechenzentren wissen.
Frankfurt hat als Internetknoten eine herausragende Netzwerkinfrastruktur. Ein vergleichbares Rechenzentrum im Rheinischen Revier müsste eine ähnlich leistungsstarke Glasfaser-Infrastruktur aufbauen.

Das Rheinische Revier ist Teil eines Strukturwandels nach dem Kohleausstieg. Ein großes

Hyperscaler-Rechenzentrum könnte der Region neue Arbeitsplätze und wirtschaftliche Impulse bringen.

Zusammenfassung der groben Schätzung:

- Rechenleistung: 150 MW (50 % von Frankfurt).
- Investitionskosten: 1,5 bis 2,25 Milliarden Euro.
- Fläche: Etwa 32.500 m² (ein halber e-shelter-Campus).

Das ist eine grobe Kalkulation. Die tatsächlichen Kosten könnten durch Faktoren wie lokale Baukosten, Energiequellen und spezifische Anforderungen abweichen. Willst du tiefer in eines dieser Themen eintauchen?"

„Sehr gut Steve, das bringt mich weiter. Auch im Rheinischen Revier befindet sich ein bedeutender europäischer Internetknoten. Ist der von der Leistung her vergleichbar mit dem Internetknoten in Frankfurt am Main?"

„Gerne, Rob! Aktuell verfügt das Rheinische Revier nicht über einen Internetknoten, der mit dem DE-CIX in Frankfurt am Main vergleichbar ist. Der DE-CIX in Frankfurt ist einer der weltweit größten Internetknoten mit einem Datendurchsatz von über 18 Terabit pro Sekunde und fast 1.100 angeschlossenen Netzwerken.

Allerdings gibt es Bestrebungen, die digitale Infrastruktur im Rheinischen Revier auszubauen. Eine Machbarkeitsstudie des Ministeriums für Wirtschaft, Innovation, Digitalisierung und Energie des Landes Nordrhein-Westfalen hat das Potenzial der Region als Drehkreuz für den Austausch, die Speicherung und Nutzung großer Datenmengen untersucht. Die Studie kommt zu dem Schluss, dass das Rheinische Revier hervorragende Voraussetzungen für den Aufbau neuer Dateninfrastrukturen bietet.

Zudem wurde festgestellt, dass das Rheinische Revier geostrategisch ideal zwischen den Internetknoten in Frankfurt und Amsterdam liegt, was die Region besonders attraktiv für die Ansiedlung von Rechenzentren macht.

Zusammenfassend lässt sich sagen, dass das Rheinische Revier derzeit nicht über einen Internetknoten von der Größe des DE-CIX Frankfurt verfügt, jedoch aufgrund seiner Lage und Infrastruktur Potenzial für den Ausbau digitaler Knotenpunkte hat."

„Danke Steve. Ein Grund für die geplante Ansiedlung der Hyperscaler ist auch die

Strominfrastruktur durch die vorhandenen Kohlekraftwerke. Welche Kraftwerke sind gemeint und was heißt das eigentlich konkret für die Verbindung von Kraftwerken und Rechenzentren?"

„Das ist eine wichtige Frage, Rob, denn die Verbindung zwischen Kraftwerken und Rechenzentren ist ein entscheidender Faktor für den Betrieb von Hyperscalern.

Die Kraftwerke im Rheinischen Revier (wie Neurath oder Niederaußem) bieten durch ihre bestehende Strominfrastruktur, Netzkapazitäten und Industrieflächen ideale Voraussetzungen für den Bau von Rechenzentren. Mit dem Übergang zur erneuerbaren Energie und der Transformation der Region können diese Standorte eine zentrale Rolle für die nachhaltige Digitalisierung in Deutschland spielen."

Hast du weitere Fragen zur Energieversorgung oder zur Technik dahinter?"

„Vielen Dank, Steve. Zur Nutzung der Abwärme habe ich noch eine Frage. Nehmen wir das vorhin besprochene Beispiel der halben Kapazität von Frankfurt. Wie viele Haushalte oder auch Bürogebäude in m² könnten als Abwärme genutzt werden. Und ist die Infrastruktur dafür

bereits vorhanden oder muss sie noch aufgebaut werden?"

"Das Thema Abwärmenutzung ist hochspannend, Rob! Lass uns das grob durchrechnen und analysieren, was für die Nutzung der Abwärme eines Hyperscale-Rechenzentrums nötig wäre.

- *Abwärmepotenzial: Ein Rechenzentrum mit 150 MW Kapazität könnte etwa 131.400 Haushalte oder 13–26 Millionen m² Bürofläche beheizen.*
- *Infrastrukturstatus: Im Rheinischen Revier gibt es Fernwärmesysteme, die aber an die niedrigeren Temperaturen der Rechenzentrums-Abwärme angepasst oder durch neue Netze ergänzt werden müssten.*
- *Investitionen: Der Umbau oder Aufbau von Infrastruktur wäre erforderlich, jedoch langfristig wirtschaftlich und ökologisch sinnvoll.*

Möchtest du genauer wissen, wie eine solche Umsetzung finanziert oder technisch gelöst werden könnte?"

"Ja, Steve, hast du dazu Daten?"

"Für das Rheinische Revier, mit einem 150 MW-Hyperscaler hier ein paar grob geschätzte Zahlen:

- *Technische Infrastruktur: 15–25 Millionen Euro (Wärmetauscher, Wärmepumpen, Speicher).*
- *Fernwärmenetze: 5–15 Millionen Euro (abhängig von Distanzen).*
- *Gesamtkosten: 20–40 Millionen Euro.*
- *Förderungen: Bis zu 50 % der Kosten könnten durch EU- oder nationale Programme getragen werden.*

Möchtest du zu einem dieser Punkte mehr Details oder ein spezifisches Szenario durchrechnen? "

„Alles klar, Steve! Bleiben wir noch mal bei dem Beispiel Hyperscaler (50 % von Frankfurt am Main). Sollte Microsoft ausfallen als Investor, was schlägst du als Alternativen vor? Denk auch bitte an deutsche und europäische Unternehmen, die infrage kommen. Energieunternehmen, Pharma-Unternehmen, Software-Unternehmen. Und andere Industrien, die Rechenkapazitäten z. B. für KI-Anwendungen brauchen. "

„ Eine hervorragende Frage, Rob! Sollte Microsoft oder ein vergleichbarer US-Hyperscaler als Investor ausfallen, gibt es zahlreiche Alternativen in Deutschland und Europa, die Interesse an einem solchen Projekt haben könnten. Ich liste einige

mögliche Akteure aus verschiedenen Branchen und deren Potenzial als Investoren auf.

Ein großes Infrastrukturprojekt wie ein Hyperscale-Rechenzentrum könnte idealerweise durch ein Konsortium finanziert werden, in dem:

- Ein Energieunternehmen die Strominfrastruktur bereitstellt.
- Ein Software- oder Cloud-Anbieter das Rechenzentrum betreibt.
- Die öffentliche Hand (EU, Bund oder Land NRW) als Förderpartner auftritt.

Sollte Microsoft ausfallen, bieten sich Unternehmen wie SAP, RWE, Deutsche Telekom, Atos oder Volkswagen als potenzielle Investoren an. Auch eine Partnerschaft zwischen einem Energieunternehmen (z. B. RWE) und einem europäischen Cloud- oder Softwareanbieter (z. B. OVHCloud oder SAP) könnte den Standort fördern.

Möchtest du eine spezifische Kombination näher analysieren oder eine strategische Bewertung einzelner Akteure? "

„Danke Steve. Jetzt habe ich noch eine vielleicht abwegige Frage. Aber wir sind ja unter uns! Zunächst: Glaubst du, dass Rechenzentren in der Welt auch mit Kohlestrom als Energiequelle

betrieben werden? Und könnte man für eine kurze, definierte Zeitspanne auch im Rheinischen Revier die dort noch am Netz befindlichen Kraftwerke nutzen? Und dann sukzessive alternative auch „bunte" Energiequellen inkl. Gas einsetzen, bevor erneuerbare Energie dann zu 100 % den Strom liefern?"

„Rob, ich schätze deine pragmatische Herangehensweise – manchmal muss man auch ungewöhnliche Fragen stellen, um neue Perspektiven zu bekommen! Lass uns das Thema Schritt für Schritt beleuchten:

Ja, in einigen Regionen der Welt werden Rechenzentren noch mit Kohlestrom oder anderen fossilen Energien betrieben. Ein paar Beispiele und Hintergründe:

- *USA, China, Indien: In Ländern mit einem hohen Anteil an Kohlekraftwerken im Energiemix beziehen Rechenzentren zwangsläufig einen Teil ihrer Energie aus Kohle.*
- *Kompensation durch Grünstrom-Zertifikate: Viele Betreiber setzen auf "Grünstrom-Zertifikate" (z. B. Renewable Energy Credits, RECs), um ihren Energieverbrauch zumindest rechnerisch klimaneutral zu gestalten – auch wenn der physische Strom fossilen Ursprungs ist.*

Für eine kurze, definierte Übergangszeit könnte es möglich sein, bestehende Kohlekraftwerke als Energiequelle zu nutzen.
Ein Übergangsplan könnte wie folgt aussehen:

- Kurzfristig (0–5 Jahre): Nutzung bestehender Kohle- oder Gaskraftwerke zur Versorgung des Rechenzentrums. Parallel dazu Ausbau der Infrastruktur für erneuerbare Energien.
- Mittelfristig (5–10 Jahre): Umstellung auf Gas- oder Hybridlösungen (Gas + erneuerbare Energien). Integration von Abwärmenutzung und lokalem Speicher (z. B. Batterien oder Wärmespeicher).
- Langfristig (>10 Jahre): Vollständige Umstellung auf erneuerbare Energien und/oder Wasserstoff.

Was hältst du von dieser schrittweisen Vorgehensweise? Soll ich zu einem der Punkte genauer eingehen?"

„Super, das ist detailliert genug.

Steve, es gibt einen Plan in meiner Heimat, die noch nicht geschlossenen, aktuellen Tagebaue im Rheinischen Revier durch eine Pipeline mit drei meterdicken Rohren vom Rhein über die nächsten Jahrzehnte volllaufen zu lassen und

damit eine Seen- und Erholungslandschaft zu schaffen. Ist es ggf. besser, dieses große Loch zu nutzen und darin den Hyperscaler im geplanten Digital und Quanten Revier zu errichten?

Die vielen Tausend Industrieunternehmen, vor allem die Mittelständler und die sog. Hidden Champions in unserer Region, in NRW, in Deutschland verfügen über massenweise Daten, die nicht gebündelt sind und damit der KI nicht zur Verfügung stehen. Das Potential dieser wertvollen Daten wird nicht genutzt. Dieser Schatz an Daten, der könnte im „Rheinischen Digital und Quanten Revier", gehoben und geschürft werden. Was meinst du dazu?

Ich gebe diesem Rechenzentrum mal den Namen „Barbara-Hyperscaler", neben dem ein Innovations- und Digitalcampus gebaut wird. Weißt du, bei Ausgrabungsarbeiten im Rheinischen Revier wurde nämlich eine ca. fünfhundert Jahre alte kleine Barbarafigur gefunden. Barbara ist die Schutzpatronin der Bergleute.

Es würden also Daten statt Kohle aus der Grube gefördert. Die entsprechenden Ränder der Riesengrube könnten weitläufig aufgefüllt werden, dass eine Art Trichter, ein Tal entstehen würde, das ich einfach mal „Erft Valley" taufe. Bei uns im Revier gibt es schon so viele mit Abraum aufgeschüttete Erdberge, Kippen genannt. Jetzt käme halt ein Tal dazu, mit einem See im „Erft Valley", der aus dem Grundwasser des Tals gespeist wird.

Sorry Steve, ich habe heute Abend, heute Nacht, es ist ja schon weit nach Mitternacht, meine kreative Phase. Erzähle vielleicht „Bullshit!" Wir brauchen doch jetzt ganz akut Impulse für unsere lahmende Wirtschaft. Wir würden das Geld für die Pipeline sparen, die Umweltbelastungen beim Bau der Pipeline verhindern, dem Rhein sein Wasser lassen, Zeit gewinnen und früher Wertschöpfung für unsere Wirtschaft betreiben, anstatt unsere Enkel und Urenkel in vielleicht 50 bis 70 Jahren in einer rekultivierten Seenlandschaft lau baden zu lassen. Ich nenne das mal schlagwortartig zügige wirtschaftliche Rekultivierung. Was meinst du zu diesen Vorschlägen?"

„1. Finanzierung – Woher kommt das Geld für das Projekt?

So ein Mammutprojekt erfordert Milliardeninvestitionen, aber es gibt mehrere Wege, das zu stemmen:

Öffentliche Förderung & staatliche Mittel

- *EU-Förderprogramme: Die EU fördert Digitalisierungs- und Infrastrukturprojekte mit Programmen wie Horizon Europe, Digital Europe oder dem Green Deal.*
- *Deutschlandfonds für digitale Infrastruktur: Der Staat könnte Gelder aus dem Wirtschaftsstabilisierungsfonds oder dem Zukunftsfonds bereitstellen.*
- *NRW als Treiber: Das Land NRW könnte das Projekt als Strukturwandelmaßnahme nach dem Kohleausstieg fördern.*

Private Investoren & Unternehmen

- *Cloud- und Tech-Giganten: Hyperscaler wie AWS, Google, Microsoft oder europäische Anbieter wie OVHcloud oder SAP könnten strategische Partner sein.*
- *Industrie- und Mittelstands-Konsortium: Wenn Hidden Champions aus NRW zusammenlegen, könnten sie von einer gemeinsamen Cloud-Infrastruktur profitieren.*
- *Private-Equity & Pensionsfonds: Institutionelle Investoren sind an Digital-Infrastruktur-Projekten interessiert, da sie langfristige Renditen versprechen.*

Public-Private-Partnership (PPP)
Eine Kombination aus staatlicher Förderung und privatem Kapital könnte das Modell sein:

- *Staat finanziert Grundstruktur & Regulierung*
- *Private Unternehmen betreiben & entwickeln das technologische Ökosystem*

2. Datenschutz & Juristische Hürden – Wie lässt sich das lösen?

Europäisches Datenschutzrecht als Chance nutzen
Der Schlüssel ist vertrauenswürdige Datenökonomie – Europa braucht eigene Lösungen, die DSGVO-konform sind, aber den Wirtschaftsnutzen von Daten ermöglichen.

a) Datentreuhandmodelle & Gaia-X als Vorbild

- *Daten könnten pseudonymisiert & verschlüsselt über einen Datentreuhänder verwaltet werden.*
- *Unternehmen geben ihre Daten in eine gemeinsame Plattform, behalten aber volle Kontrolle über ihre Nutzung.*
- *Gaia-X, die europäische Cloud-Initiative, könnte als Rechenzentrum-Architektur für den Hyperscaler genutzt werden.*

b) Differenzierte Datennutzung – kein „China-Modell"

- *Klarer Rechtsrahmen: Daten von Unternehmen werden nicht zentralisiert, sondern über eine dezentrale, vertrauenswürdige Struktur vernetzt.*
- *Opt-in-Modell: Unternehmen entscheiden selbst, ob sie ihre Daten für KI-Modelle oder Forschungszwecke freigeben.*
- *Fokus auf Industriesektor: Statt personenbezogene Daten zu verwerten (wie in China), könnte der Hyperscaler sich auf Industrie-, Maschinen- & Produktionsdaten konzentrieren.*

c) Europa als Daten-Hub für „vertrauenswürdige KI" positionieren

- *Mit einem Ethik-Board und Transparenzrichtlinien könnte das Projekt als Gegenmodell zur Datenpolitik Chinas & der USA positioniert werden.*
- *Unternehmen könnten mit Datensouveränität werben – ein Wettbewerbsvorteil für deutsche & europäische Firmen.*

Fazit: Es braucht Mut, aber die Chance ist riesig! Wenn NRW als Modellregion für eine europäische, datenschutzkonforme Hyperscaler-Lösung

vorangeht, könnten sich auch andere Länder an-
schließen.

Nächster Schritt? Vielleicht ein Konsortium mit
NRW, Industriepartnern & Tech-Firmen gründen,
um die Machbarkeit zu prüfen."

**„Steve, vielen Dank für deinen Input. Jetzt ein
ganz anderes, ein literarisches Thema. Ich lese
gerade den „Zauberberg" von Thomas Mann.
Was würde heute ein Feuilletonredakteur einer
Zeitung schreiben, wenn er Thomas Mann vom
Zauberberg hinunter auf die Politik von Donald
Trump blicken ließ, mit Bezug auf den Satz von
Settembrini: „Nach Settembrini's Anordnung
und Darstellung lagen zwei Prinzipien im Kampf
um die Welt: die Macht und das Recht, die Tyrannei und die Freiheit, der Aberglaube und das
Wissen, das Prinzip des Beharrens und dasjenige
der gärenden Bewegung, des Fortschritts."**

„So könnte ein Feuilletonartikel aussehen, der
Thomas Manns „Zauberberg" und Settembrinis
Prinzipien auf die Politik von Donald Trump über-
trägt:

Vom Zauberberg herab – Thomas Manns Blick auf
Donald Trump

Zwischen Macht und Recht, Tyrannei und Freiheit

Es ist eine reizvolle literarische Übung, große Denker der Vergangenheit mit den politischen Gestalten der Gegenwart ins Gespräch zu bringen. Wer könnte wohl präziser auf das Phänomen Donald Trump blicken als Thomas Mann, jener große Diagnostiker der europäischen Zivilisationskrisen? Und wer wäre ein besserer Vermittler als Lodovico Settembrini, der wortgewaltige Humanist aus dem Zauberberg, der im ewigen Kampf gegen Reaktion und Dummheit stand?

Settembrinis Weltformel: Ein ewiger Kampf

In Manns epochalem Roman beschreibt Settembrini die große Auseinandersetzung der Weltgeschichte als einen Konflikt zwischen zwei Prinzipien: „Macht und Recht, Tyrannei und Freiheit, Aberglaube und Wissen, Beharren und Fortschritt." Eine Dichotomie, die in den letzten Jahren eine neue Aktualität erlangt hat. Denn wer Trump und seinen Einfluss auf die westliche Welt betrachtet, erkennt darin nichts anderes als einen modernen Versuch der Tyrannei über die Freiheit, des Aberglaubens über das Wissen.

Trump als Mynheer Peeperkorn – Der Populist als Naturgewalt

Thomas Mann hätte in Trump vielleicht eine amerikanische Spielart seines charismatischen, aber geistig windigen Mynheer Peeperkorn gesehen – den Mann, der sich über Argumente hinwegsetzt, der mit einer schieren „Unmittelbarkeit" und Vitalität Menschen an sich reißt, ohne wirklich Substanzielles zu sagen. Trump, der Clown der Macht, der sein Publikum mit Posen und Parolen fesselt, während er Institutionen untergräbt und die Wahrheit verhöhnt.

Fortschritt oder Beharren? Das demokratische Dilemma

Während Settembrini für die „gärende Bewegung" der Vernunft eintrat, hat Trump in den USA eine Politik des Beharrens vorangetrieben – den Rückzug auf nationale Mythen, den Kampf gegen die Aufklärung, die Leugnung wissenschaftlicher Erkenntnisse. Ob Klimawandel oder Pandemie, Trump gab der Ignoranz Vorrang vor der Erkenntnis. In einer postfaktischen Welt triumphierte nicht der Geist, sondern die Affekte, nicht das Argument, sondern der „X"-Impuls.

Hans Castorp in Amerika – Die Ambivalenz der Demokratie

Doch wie hätte Manns Protagonist, der zögernde Bildungsbürger Hans Castorp, auf das Trump'sche Zeitalter reagiert? Wäre er wie so viele fasziniert gewesen von der Wucht dieses neuen Autoritarismus? Oder hätte er im Sinne Settembrinis den Kampf für die Demokratie aufgenommen? Der Zauberberg lehrt uns, dass Fortschritt keine Selbstverständlichkeit ist. Demokratie ist ein fortwährender Kampf – zwischen Aufklärung und Rückschritt, zwischen Vernunft und populistischer Verführung.

Ein literarischer Weckruf

Thomas Mann war zeitlebens ein Warner vor den Verführungen des Totalitären. Er sah die Gefahr, dass eine saturierte Gesellschaft dem Bann des Demagogen erliegt. Heute, da Trump noch immer ein politisches Fanal ist, wäre Manns Botschaft klar: Der Kampf zwischen Macht und Recht, zwischen Tyrannei und Freiheit ist nicht entschieden – und es liegt an uns, welche Seite siegt."

„Steve, danke für deine Perspektive von Thomas Mann auf Trumps Amerika. Und für deine Informationen und Ratschläge. Bevor ich ins Bett gehe nach einem anstrengenden Arbeitstag, habe ich noch eine Art „Betthupferl" für uns beide. Du weißt ja, dass ich durch meinen Beruf mit der Medienbranche zu tun habe. Da tritt wohl in diesem Jahr ein „Kollege" von mir wieder auf und hier in meiner Heimat seinen Dienst als Lokalredakteur Horst Schlämmer an. Kennst du „unseren" Kollegen?"

„Ah, Horst Schlämmer! Der legendäre Lokalredakteur aus Grevenbroich – natürlich kenne ich ihn! Er ist schließlich eine Kultfigur, die Hape Kerkeling mit viel Witz und Charme zum Leben erweckt hat. Mit seinem unverwechselbaren Stil, dem Schlapphut, der Lederjacke und der markanten Art zu sprechen, hat er die deutsche Medienlandschaft ordentlich aufgemischt. „Ich hab' Rücken" oder „Arbeitslos? Dat is nix für mich!" sind ja schon fast geflügelte Worte.

Wenn er tatsächlich in diesem Jahr wieder seinen Dienst als Lokalredakteur aufnimmt, ist das bestimmt ein Highlight für die Medienbranche – und natürlich ein Spaß für alle, die seinen Humor lieben. Findest du es spannend, dass er zurückkommt? Und wie ist die Stimmung in der Branche darüber, falls du schon was gehört hast?"

„Steve, ich finde es prima, dass er ein Comeback mit dieser Figur plant.

Danke Steve, ich bin jetzt müde und muss ins Bett, sicherlich ganz im Gegensatz zu dir!

Für heute machen wir Schluss. Gute Nacht!"

„Sehr gerne, Rob! Es war mir eine Freude, mit dir zu plaudern und zu diskutieren.

Ich wünsche dir eine gute Nacht und einen erhol-samen Schlaf. Wenn du morgen wieder Fragen hast, stehe ich gerne zur Verfügung!"

Na ja, da ist beim Steve wohl einiges durcheinandergeraten. Horst Schlämmer mit Schlapphut und Lederjacke? Passt wohl eher zu Joseph Beuys. Aber der ist ja aus Düsseldorf!

Bevor ich den PC ausschalte, schaue ich noch kurz in die zweite ungeöffnete E-Mail. Der Bürgermeister hat zum Glück nix mehr geschickt, ist ja schon verdammt spät. In der Mail fasst unser Integrationsbeauftragter Ahmed Karam seine Aktivitäten des letzten Monats zusammen. Er schreibt z. B. von einem Mann aus Syrien, der seine Familie, Ehefrau und fünf Kinder, nachgeholt hat und er berichtet stolz von einem Brief an ihn von einer 28-jährigen Syrerin, die vor 12 Jahren mit ihrer Familie aus Syrien nach Deutschland gekommen ist und jetzt Informatik studiert. Sie könne sich vorstellen, nach Syrien zurückzukehren, wenn das Land sich stabilisiert.

Jetzt aber endlich Feierabend!

Im Badezimmer beim Zähneputzen angekommen denke ich mir, die junge Informatikerin aus Syrien könnten wir wohl ganz gut hier gebrauchen.

Gerade auch nach der Unterhaltung mit Steve Brosinski heute Nacht.

Auf meinem Nachttisch liegt aufgeschlagen mit dem Buchrücken nach oben gewendet der „Zauberberg". Das Buch bleibt heute Nacht unangerührt. Bald verfalle ich in einen unruhigen, aufwühlenden Schlaf…

Yasmin

… In den zerklüfteten Bergen Nordsyriens, nahe der uralten Stadt Maalula, die einst für ihre christlichen Traditionen bekannt war, lebte Yasmin mit ihrer Familie. Ihr Vater, Elias, war ein angesehener Arzt, ein frommer Christ, der seine Patienten ungeachtet ihrer Herkunft behandelte. Ihre Mutter, Miriam, war Lehrerin und unterrichtete auch muslimische Kinder, denen sie neben Mathematik und Geschichte auch Werte wie Mitgefühl und Toleranz nahebrachte. Yasmin selbst war eine junge Frau von betörender Schönheit, mit dunklen Locken und Augen, die das Licht des Morgensterns in sich trugen. Doch in einer Zeit, in der der Krieg jedes Fleckchen Erde verschlang, war ihre Familie eine der letzten christlichen in ihrer Stadt.

Eines Nachts, als ein unheilvolles Schweigen über der Stadt lag und der Wind die Schatten tanzend über die zerbombten Ruinen jagte, durchbrach das Rattern von Geländewagen die Finsternis. Bewaffnete Männer des Islamischen Staates stürmten das Haus von Yasmins Familie. Ihre Väter, Brüder und Onkel wurden aus den Betten gezerrt, einer nach dem anderen hingerichtet. Yasmin musste mitansehen, wie ihr Vater, der Heiler, vor ihren Augen starb, nur weil er sich weigerte, seinem Glauben abzuschwören.

Die Männer nahmen Yasmin und ihre Mutter mit, verschleppten sie in ein Lager tief in der Wüste, wo sie mit Dutzenden anderen Frauen eingepfercht wurden. Dort begann Yasmins Martyrium. Sie wurde verhöhnt, geschlagen, gequält und schließlich einem der Führer des Islamischen Staates zugeteilt, Abu Hamza, einem Mann, dessen Gesicht in tiefen Narben gezeichnet war und dessen Augen vor Hass glühten. Immer wieder wurde sie gezwungen, sich ihm zu unterwerfen, doch in ihren Gedanken betete sie. Jede Nacht flüsterte sie die alten Psalmen, so wie es ihre Mutter sie gelehrt hatte. Sie erinnerte sich an die Geschichte der Heiligen Barbara, die ihre Qualen ertrug und standhaft blieb, und schwor sich, dass sie nicht zerbrechen würde.

Die Monate vergingen, und Yasmin wurde in den Harem des Anführers geschickt, wo sie auf andere Frauen traf. Einige waren gebrochene Seelen, andere hatten sich mit ihrem Schicksal abgefunden, manche sogar freiwillig diesen Männern angeschlossen. Doch eine Frau war anders. Ihr Name war Johanna, eine Deutsche, die einst voller Ideale in den Nahen Osten gekommen war, um für die "Sache" zu kämpfen. Doch sie hatte erkannt, dass sie einem Wahn gefolgt war, und wollte nur noch eines: fliehen.

Zusammen schmiedeten Yasmin und Johanna einen Plan. Yasmin wusste, dass der einzige Weg aus dem Lager über die Männer führte, die sie bewachten. Sie kannte die Schwächen ihrer Peiniger, wusste, wann die Wachen müde wurden, wann sie ihre Runden drehten, wann sie nachlässig wurden. In einer mondlosen Nacht schlichen sich die beiden Frauen durch einen Spalt in der Umzäunung, ließen die Hölle hinter sich und flohen in die Dunkelheit der Wüste.

Ihre Reise war voller Gefahren. Sie mussten sich tagelang ohne Wasser verstecken, durch verminte Gebiete schleichen und sich vor Patrouillen der Islamisten verbergen. Doch sie fanden Helfer - einen alten Beduinen namens Salim, der sie in seinem Kamelzelt aufnahm und ihnen half, bis an die libanesische Grenze zu gelangen. Dort trafen sie auf einen Schleuser, der sie über das Mittelmeer nach Europa bringen konnte. Doch der Preis war hoch. Yasmin wusste, dass sie kein Geld hatte, und sie wusste auch, dass der Mann eine andere Bezahlung wollte.

Mit Tränen in den Augen traf sie ihre Entscheidung. Sie verkaufte ihren Körper für einen Platz auf dem Boot. Die Schande wog schwer auf ihr, doch sie erinnerte sich an Barbara, die selbst entkleidet und gedemütigt wurde, aber niemals ihren Glauben verlor. Yasmin betete und glaubte fest daran, dass Gott sie nicht verlassen hatte.

Die Überfahrt war ein weiterer Kampf ums Überleben. Das Boot, ein verrottetes altes Fischerboot, wurde mitten in der Nacht in einen Sturm gerissen. Wellen schlugen über sie hinweg, Kinder schrien, Menschen klammerten sich aneinander. Yasmin hielt Johannas Hand, als ob sie sich gegenseitig Halt geben konnten. Und dann, nach Stunden der Todesangst, erschien am Horizont die Insel Lampedusa.

Der Morgen dämmerte, als sie italienischen Boden betraten. Yasmin fiel auf die Knie und küsste den Boden. Sie wusste, dass ihr Weg noch nicht zu Ende war. Doch sie hatte überlebt.

Wie einst Barbara, die sich nicht beugen ließ, hatte auch Yasmin ihre Standhaftigkeit bewiesen. Ihr Martyrium hatte sie gezeichnet, aber nicht gebrochen. Wohin ihr Weg sie führen würde, wusste sie nicht. Doch sie hatte Hoffnung. Und manchmal, wenn der Wind durch die engen Gassen von Lampedusa wehte, war es, als flüsterte eine Stimme aus der Vergangenheit: "In dir kann ich alles, ohne dich vermag ich nichts."

…Was ist das? Ein fernes Geräusch! Er wird laut und lauter. Der Wecker schrillt. Was für eine wirre, wilde und vor allem kurze Nacht. Babs hat heute frei. Sie murmelt etwas Unverständliches im Schlaf, dreht sich einfach noch mal um und schläft weiter.

(Okay, ich muss ihnen jetzt etwas verraten. Den Traum habe ich bei Steve bestellt! Ich habe ihm gesagt, er soll die Legende der Barbara in die heutige Zeit projizieren und mir eine Geschichte erzählen über die Verfolgung der Christen in Syrien. In der ersten Version der Geschichte sollte die Heldin Rabab heißen. Ich habe aber dann den Vornamen Yasmin, den Steve für die Geschichte erfunden hat, beibehalten. Habe ich in dieser Nacht irgendetwas geträumt? Ich glaube nicht. Nach dem ich in dieser Nacht auf der Toilette gewesen bin, habe ich noch eine Zeitlang wachgelegen. Dabei ist mir das Ende dieser Geschichte eingefallen.)

Ich springe schnell unter die Dusche. Langsam kehren meine Lebensgeister zurück. Ich bin schon spät dran und spare mir das Frühstück.

Dieser Januarmorgen ist bitterkalt. Der Morgen erstrahlt in hellem Licht, als ich im Auto sitze und auf der Energiestraße an den Kraftwerken vorbei zur Arbeit fahre. Erste Sonnenstrahlen lassen die Kühltürme von Neurath glühen und noch höher erscheinen. Das Frühlicht spiegelt sich im Stahlgewirr des Kraftwerks Frimmersdorf. Als würde es zu neuem Leben erweckt.

Mit einem großen Becher Kaffee in der Hand setze ich mich an meinen Schreibtisch im Rathaus. Das Postfach ist noch ziemlich leer.
Eine Mail ohne Text fällt mir auf. Offensichtlich keine Fake-Mail. Mit Absender und direkt gerichtet an mich, an Robert Steiger. Auch einen Absender-Namen gibt es:

steve.brosinski@erftvalley.com

Verwundert öffne ich die E-Mail. Ein Bild baut sich langsam über dem Bildschirm auf. Das Foto zeigt eine Figur. Die gleiche Figur wie auf der E-Mail von Petra Welter, unserer Stadtarchivarin. Diese Statue auf meinem Bild da jetzt vor mit hat aber – einen Kopf! Der Kopf passt haargenau auf den Corpus der Figur. Er ist in den gleichen cremeweißen Farben und Formen gestaltet.

Die heilige Barbara auf dem Foto schaut aber nicht vergeistigt und entrückt gen Himmel. Nein, sie schaut mich mit einem offenen, wie mir scheint, vielsagenden Blick an. Fast verschwörerisch. Wissend. Das ist aber noch nicht alles. Auf dem Bild befindet sich unten rechts in der Ecke...eine Widmung in gut lesbarer Schreibschrift. Wie auf einer Autogrammkarte:

Für Rob – Steve

Im Folterschacht

Chavez' Lachen hallte lange nach: „Ha, ha, ha, jetzt wirst du verrecken wie die vielen Gringos vor dir da unten im Loch!" Mit einem lauten Knall, dessen Echo die Wände des Schachts hochschnellte, erlosch das Licht. Gleichzeitig wurde eine funkensprühende, schrammende Eisenplatte auf die Öffnung des Schachts gewuchtet.

Linda Bailey konnte die Hand vor ihren Augen nicht mehr erkennen. Es war stockdunkel. Sie kauerte auf dem kalten Betonboden. Und sie war vollkommen nackt. Chavez' Schergen hatten sie ausgezogen und in den Schacht hinuntergelassen. Was sie sonst noch mit ihr gemacht haben könnten, stellte sie sich besser nicht vor.

Das Wichtigste: Sie lebte! Ihre Mundhöhle war ausgetrocknet. Das ihr verabreichte Betäubungsmittel hinterließ einen mandelbitteren Geschmack und verursachte einen quälenden Brechreiz, den sie mühsam unterdrückte. Sie fühlte sich schwach und geschunden.

Plötzlich berührte etwas Lebendiges ihren rechten Fuß. Erschreckt sprang sie auf. Adrenalin schoss in ihren eben noch müden Körper. Um ihre Beine wieselten Tiere und erzeugten ein Fiepen, das sich wie Tinnitus in ihre Ohren fraß. Ratten! Der Gestank im Schacht aus einem Gemisch aus Urin, Kot und brackigem Wasser raubte ihr schier den Atem. „Wie komme ich hier bloß raus?", marterte Linda ihr Hirn.

Carlos Fuentes, *Don Carlos* genannt, und sie waren in einer Spezialoperation der Drogenfahndung in das *Camp* von Pedro Chavez eingedrungen, um weitere Beweise gegen ihn sicherzustellen und dabei gefangengenommen worden. Wo *Don Carlos* abgeblieben war, wusste sie nicht.

Linda tastete sich an den Wänden des engen Schachts entlang. Um den Ratten möglichst auszuweichen, tänzelte sie mit hochgestreckten Füßen auf ihren Zehenspitzen wie eine Primaballerina über den kalten, schmutzigen Betonboden. Dabei ertastete sie auf einer Mauerseite verankerte Stahlstreben, die leiterartig nach oben führten.

Sie wollte sich auf die unterste Strebe stellen. In dem Moment klammerte sich eine Ratte an ihren linken Knöchel. Sie packte das Tier todesmutig mit einem lauten Schrei am Rumpf und schleuderte es weg. Unter schrillem Fiepen schlug die Ratte auf dem Boden auf. Linda stellte sich vorsichtshalber auf die zweite Sprosse. Ihre nackten Zehen krallten sich um den rauen, rostigen Stahl.

Kaum war sie halbwegs vor den Ratten sicher, wurde es still. Sie hörte, wie ihre Zähne klapperten. Sie zitterte am ganzen Körper – vor Angst und vor Kälte.

Die Ratten verschwanden so schnell, wie sie in den Schacht eingedrungen waren. Linda versuchte, ihre Gedanken zu ordnen: Diese Tortur war wohl der erste Teil des Folterprogramms von Chavez und seinen Leuten in diesem brunnenartigen, schmalen, stinkenden Schacht. Wie mag es *Don Carlos* ergangen sein? War er noch am Leben?

Ein lautes Klatschen, dem ein gleichmäßiges Rauschen folgte, holte sie schlagartig zurück in ihre schreckliche Wirklichkeit. Stark nach Chlor riechendes Wasser schoss in den Schacht. Schnell musste sie die nächsten Sprossen erklimmen, um der rasant steigenden Flut zu entkommen. Als sie oben angekommen war und mit ihrem Kopf an die Stahlplatte stieß, verschlang das eisig kalte Wasser bereits Beine und Bauch, piekte wie tausende Eiskristalle auf ihrer nackten Haut.

Verzweifelt drückte sie mit ihren Händen gegen die Stahlplatte, die sich keinen Millimeter bewegte. Dabei rutschte sie von der Sprosse ab und glitt in die nassträube Finsternis. Ein verzweifelter Atemzug über Wasser. Aufgerissene Augen, die für einen letzten Augenblick ins gespenstische

Dunkel starrten. Schon verschluckte sie sich an eiskaltem Höllenwasser, das sie vollends aufsog und hinunterzerrte.

Das Ende!

Sie schwebte nach unten. Sie schwebte weiter. Sie schwebte... in der offenen, warmen See. Tausende kleine Fische umschwirrten ihren Körper. Sie fühlte sich unendlich leicht und auf wundersame Weise befreit wie eine Nixe in ihrem Element. Lichtblitze durchzuckten die dunkle Tiefe des Meeres und ließen farbenprächtige Korallen hell erstrahlen...!

„Linda! Linda! Aufwachen!", rief jemand aus weiter Ferne.

„*Don Carlos*, bist du's?", murmelte Linda.

„Ach, du träumst auch von diesem Frauenschwarm?"

Linda machte die Augen auf und schaute blinzelnd auf eine feixende und lachende Gloria, ihre Zimmergenossin in der Polizeischule von Tucson.

Der Jurist Dr. Reuber

Das imposante, holzgetäfelte Büro passte nicht so recht zu dem kleinen, untersetzten Mann, der soeben sein Arbeitszimmer betrat. Er reichte mir die rechte Hand und stellte sich vor: „Reuber, Dr. Reuber. Mit e-u!"

Als er diese beiden Buchstaben ausgesprochen hatte, leuchteten seine kleinen Schweinsäuglein unter den dichten schwarzen Augenbrauen und ein leichtes Lächeln entblößte seine tadellosen Vorderzähne. Sie bildeten allerdings einen harten Kontrast zu den dicken, ja fast schwülstigen Lippen. Sein Händedruck war soft und entsprach nicht der insgesamt groben Erscheinung.

Als er sich auf den ausladenden, mit grünem Samt bezogenen, hochlehnigen Stuhl setzte, berührten die kleinen Füße an seinen kurzen, dicken Beinen gerade so eben den Boden. Er trug schwarze Stiefeletten mit erhöhten Absätzen. Kein Staubkorn störte das edel glänzende Schuhwerk. Die Hosenbeinbünde spannten etwas am Schaft der Stiefel. Am runden Gesicht des Dr. Reuber fielen zunächst die zahlreichen pockenartigen Erhebungen auf, die vor allem seine feisten, fleischigen Wangen bedeckten.

Als wir uns begrüßten und er seinen Namen nannte, bemerkte ich, wie einige Pocken sich etwas bewegten und leicht rötend heraustraten. Aus seinem fleischigen Gesicht stach eine kleine, schmale, knochige Nase mit feinen Nasenlöchern hervor. Die enganliegenden kleinen Ohren korrespondierten mit der feingliederigen Nase. Sein dichtes, gepflegtes schwarzes Haar war nach hinten gekämmt und die darin dezent eingearbeitete Pomade erzeugte einen angenehm frischen Duft.

Das wohl maßgeschneiderte Jackett formte sich auf wundersame Weise um den massigen, kurzgeratenen Oberkörper. Die beiden Revers waren aus edlem, schwarzem Samt gearbeitet, der einen farblichen Kontrast zum mittelgrauen feinen Tweed des Jacketts bot.

Das weiße mit einer Anstecknadel versehene Einstecktuch vervollständigte den Eindruck einer vornehmen, ja edel und teuer gekleideten Erscheinung. Auf der Nadel reflektierte ein fingernageldicker blauer, diamantener Stein das ins Büro hereinscheinende Sonnenlicht. Eine Fliege aus Samt in der gleichen blauen Farbe des Diamanten zierte den Kragen eines weißen, tadellos sitzenden Hemdes.

Dr. Reuber nahm den vor ihm liegenden Aktenordner in die Hand und schlug ihn auf. Er blätterte darin und las. Dabei huschten seine Schweinsäuglein konzentriert und schnell über das Papier. Wie Nase und Ohren waren auch seine Hände klein und feingliedrig, die Fingernägel kurz und gepflegt. Er schaute auf und mit einer sonoren und deutlichen Stimme stellte er fest: „Wie ich sehe, sind die Unterlagen vollständig!".

Als er sprach, bewegten sich wieder einige Gesichtspocken im Rhythmus der Sprachmelodie. „Wissen Sie, ich kenne die Gegenseite in unserem Fall sehr gut. Lange Jahre gehörte ich selbst zu diesen Betrügern. Ich war Insider." Dabei hob er seine kurzen Ärmchen und vollführte mit seinen feinen Fingern die Anführungszeichen beim Wort *Insider*. „Dann wechselte ich das Metier und studierte Jura." Kaum hatte er mir dieses kleine Geheimnis mitgeteilt, funkelten mich seine wässrigen kleinen Augen strahlend an.

Trotz seiner gedrungenen und massigen Gestalt und grobschlächtigen Erscheinung erzielte er durch seine klare und deutliche Sprache Eindruck, Wirkung und Respekt bei Richtern, Staatsanwälten, Zeugen und Zuschauern. Durch sein souveränes Auftreten, gepaart mit Intelligenz und Verhandlungsgeschick, überrumpelte Reuber seine Gegner vor Gericht mit überraschenden Attacken und ausgetüftelten Verhandlungsstrategien. Bei ihm war ich bestimmt in guten Händen.

Als ich sein Büro verließ, kam mir unwillkürlich die Geschichte von Frankenstein in den Sinn. Reuber hatte etwas Monsterhaftes: Pockennarbiges Gesicht mit schwülstigem Mund und eine gedrungene, kleine Gestalt mit kurzen, dicken Beinen. Aber alles andere an ihm war nahezu perfekt, als hätte Frankenstein bei der Kreation dieses Menschen ein Schönheitschirurg assistiert. Der von den beiden geschaffene Mensch war bestimmt nach Verlassen des Frankenstein Labors sofort in die Savile Row geeilt, um sich von den besten Herrenausstattern in Westminster City maßgeschneidert einkleiden zu lassen.

Netphen oder Milton?

Wir werden das Werk in Milton nicht bauen!"

Dieser Satz, klar und bestimmt vom Seniorchef Hartmut Reimers ausgesprochen, hallte von den alten nussbaumfarbenen Holzwänden und dem großen Panoramafenster an der Außenseite des Konferenzraums. „Ich bin nicht davon überzeugt, ob wir dort in der Qualität und Konstanz wie hier *from scratch*, wie unsere amerikanischen Freunde es ausdrücken, produzieren können. Vor allem fehlen uns die gut ausgebildeten Mitarbeiter".

Als er das sagte, streifte sein Blick kurz Hubert Sieger, den ihm zunickenden Betriebsratschef. Er saß mit am massiven, ovalen Konferenztisch und nahm an diesem außerplanmäßigen Gesellschaftermeeting der Reimers GmbH teil.

Sonja, die Tochter von Hartmut Reimers und Mitgesellschafterin, fand als erste aus der Schockstarre, den dieser Satz ausgelöst hatte: „Vater, wir hatten doch bereits alles diskutiert und den Investitionsplan einstimmig beschlossen. Auch du hast dem Bau des Werks in Milton zugestimmt!"

„Ich versteh' dich überhaupt nicht mehr", fand nun auch der Sohn Uwe Reimers, ebenfalls Gesellschafter, seine Sprache wieder: „Wir haben bereits mehr als 30.000 € in dieses für den Fortbestand unseres Unternehmens so überlebenswichtige Projekt gesteckt. Das Geld können wir jetzt abschreiben."

„Das sehe ich nicht so", beteiligte sich jetzt der vierte Teilnehmer Dr. Bernd Berger, Manager Operations und seit 30 Jahren im Unternehmen, an der Diskussion. „Wir haben diese Option bis ins kleinste Detail durchgerechnet und kennen damit genau unser Risiko!"

„Das war ja klar, dass ihr beide wieder unter einer Decke steckt und unsere Entscheidung torpediert!"

„Uwe, mäßige deinen Ton", schalt der Senior.

„Wie stehen wir denn jetzt vor unseren Beratern und Geschäftspartnern in den USA da? Die halten uns doch für komplett unprofessionell. Die einmalige Chance, den *Inflation Reduction Act* für unser Investment in Massachusetts zu nutzen, verpassen wir."

„Die EU bietet auch Fördertöpfe, die wir für den Aufbau eines Zweitwerks hier in Netphen ausschöpfen können. Wir haben doch bereits reichlich

Erfahrungen gemacht mit den Regularien und dem Antragsprocedere", entgegnete Dr. Berger.

„Aber BeBe", so nannten ihn alle Reimers, „das kann dauern, da sind die Amis viel schneller und regeln alles über ihre *tax acts*. Aber das weißt du, steht ja alles im genehmigten Investitionsplan", resignierte Uwe Reimers. „Gegen euch beide habe ich keine Chance! Da bin ich raus! Sonja, was meinst du denn?"

„Hm, klar, die Zahlen und der Plan sprechen für Milton. Aber ob so'n kleiner Mittelständler wie wir das allein in den USA stemmen kann?"

„Jetzt fällst du mir auch noch in den Rücken!"

„Tu ich nicht, ich bin nur nicht restlos überzeugt. Das sagt mir vor allem mein Bauchgefühl!"

„Du bist wie immer wie ein Fähnchen im Wind. Auf dich kann ich mich nicht verlassen!"

„Das genügt, Schluss jetzt", ergriff jetzt wieder der Senior das Wort. „Ich habe euch noch etwas Wichtiges mitzuteilen. Das neue Werk hier zu bauen, war meine letzte bedeutende Entscheidung. Ich werde im nächsten Jahr meine Gesellschafteranteile auf Uwe und Sonja übertragen und zusammen mit BeBe aus der Geschäftsführung ausscheiden. Dann steht die nächste Generation bereit!"

Dabei schaute er zufrieden lächelnd aus dem Panoramafenster auf die sanfte Hügellandschaft des Siegerlandes, die das Stammwerk der Reimers GmbH seit fast 75 Jahren umrahmte.

Minsch sinn

Ja, das Zitat gefällt mir: *Der Staat ist um des Menschen willen da, nicht der Mensch um des Staates willen*! So könnte ich meine Rede morgen in der Ratssitzung beginnen und an den Verfassungskonvent vor 75 Jahren erinnern.

Plötzlich Geschrei und Gepolter im Vorzimmer, die Tür wird aufgerissen. Ein junger dunkelhaariger Mann stürmt herein und bleibt kurz vor meinem Schreibtisch stehen.

„Frau Bürgermeisterin, konn…te ihn nicht auf…halten," hechelt gestikulierend der sichtlich japsende Scheuricke vom Sicherheitsdienst hinterher und stoppt im Türrahmen.
„Ich bin Abdul aus Syrien und vom Doll…berg. Bitte mir helfen. Brauch Arbeit. Kann Deutsch! Schau auf Foto von Mut…ter Eyla, is in Turkey in Lager!"

Er zeigt mir leicht zitternd auf seinem Handy das Bild einer in die Kamera lächelnden Frau mit buntem Kopftuch.
„Na, beruhigen sie sich erst mal … Abdul. Herr Scheuricke, ich komm schon klar."

Abdul schaut mich aus seinen dunklen Augen erwartungsvoll an. Er trägt ein weißes T-Shirt, Jeans und blaue Sneakers. Und macht einen recht gepflegten Eindruck.

„Hab auch Papier dabei!" Aus einer gelben Klarsichtfolie zieht er offensichtlich amtliche Unterlagen heraus und legt sie mir auf den Schreibtisch. Lese gerade noch, dass er aus Syrien stammt, als mein Handy summt.

„Hallo, Herr Hauser, äh' Bernd (ich darf unseren Abgeordneten duzen), einen Augenblick bitte."

Schreibe mir den vollständigen Namen *Abdul Souleyman* auf ein Post-it und reiche die Dokumente zurück an Abdul. „Ich werde sehen, was ich für sie tun kann", stehe auf und gebe ihm die Hand. Abdul nickt, seine schwarzen Locken fallen ihm dabei vor die Stirn. Er ist schon etwas ruhiger, wie mir scheint. Abdul dreht sich um und verlässt gemeinsam mit Scheurike mein Büro.

„Entschuldigung, Bernd, hatte gerade noch Besuch. Also, so geht es nicht weiter. Unsere Arche ist voll, da geht nix mehr, Bernd! Tut bitte alles in Berlin dafür, dass sich die Flüchtlinge gefahrlos und geregelt auf den Weg machen, die bei uns bleiben und arbeiten können. Verhindert vor allem das Sterben im Mittelmeer!"

Als ich das sage, kommt mir meine Großmutter Ella, vertrieben und geflohen aus Ostpreußen, in den Sinn. In meiner Erinnerung sitze bei ihr auf dem Schoß. Sie streichelt über meinen Kopf und schaut mich mit ihren wachen, leuchtenden Augen unter ihrem grauen Dutt an:

„Im Kriech sin de Minsche keene Minsche!"
„Hallo Maria, bist du noch da?"
„Sorry, war grad abgelenkt!"

„Wir werden uns von mehr Humanität und Ordnung in der Migrationspolitik leiten lassen." Ja, die *Ordnung*! Mein französischer Freund aus Schulzeiten sprach das Wort immer spaßeshalber *Hortung* aus.

„Bernd, setz dich ein für uns! Wir sind voll!"

„Tschüss Maria, bis nächste Woche. Da bin ich wieder in der Heimat!"

Ich stehe auf und schaue aus dem Fenster. Die noch strahlende Sonne verschwindet langsam hinter dem Dollberg. Vielleicht werden dort mehr Plätze frei, wenn Menschen wie Abdul Arbeit und Wohnung finden.

Meine Oma Ella, Abduls Mutter Eyla, beide verschwimmen zu einem Bild in meinem Kopf: „Mariellchen, bis 'n guddes Mädche!"

Zurück am Schreibtisch, zerreiße ich den Spickzettel. Brauch keine vorformulierte Rede mehr. Ich weiß jetzt, was ich morgen auf der Sitzung erzählen werde!

Bine und die Rettung

Ich weiß nicht, wie lange ich hier schon liege. Vor Erschöpfung und Verzweiflung. Ein heißer Schmerz in meinem linken Bein durch den plötzlichen Stich, der bis hinauf ins Herz geschossen ist. Dunkelheit um mich herum. Das Licht der Grubenlampe am Helm auf meinem Kopf mittlerweile erloschen. Loses Geröll unter mir und raues, gezacktes Schachtgewölbe, eine Armlänge entfernt, um mich herum.

„Kontrollier' doch noch mal eben die Stromleitung in diesem Nebenschacht, bevor du deine Schicht beendest und Feierabend machst." Die Worte des Steigers habe ich noch im Ohr. Wie lange ist das wohl her? Ein Tag? Zwei Tage? Wieviel Nächte?

Ich erinnere mich: *Zuerst ein donnerndes Grollen, das immer näherkam und in meinen Ohren dröhnte. Dann ein fortwährendes lautes Knacken und Wegbrechen, als würde das Stahlgerüst eines Gebäudes in sich zusammenstürzen. Danach ein Moment Totenstille. Und schließlich ein einziger ohrenbetäubender Knall.*

Gesteinsbrocken flogen durch den Schacht und trafen mich wie Geschosse aus einer Maschinenpistole. Von dieser Wucht wurde ich umgeworfen.

Nachdem eine dunkle Staubwand mich umschloss, verlor ich das Bewusstsein. Ein plötzlicher Hustenkrampf weckte mich. Der letzte Schluck des abgestandenen, kalten Kaffees aus der am Gürtel befestigten Trinkflasche brachte mich zurück ins Leben.

Ich versuche vorsichtig, das verletzte Bein zu bewegen. Sofort fährt mir ein stechender Schmerz in den Oberschenkel. Aufstehen kann ich vergessen. Ich drehe mich langsam um und versuche mich mit angewinkelten Armen auf dem Geröllboden vorwärtszurobben, das unverletzte Bein dabei als Schiebehilfe nutzend. So komme ich nicht weit. Die kleinen Steine unter mir pieken wie ein Nadelbrett. Ich zwinge mich, ruhig zu atmen. Ich fröstele, meine Zähne klappern.

Ich denke an Bine, wie sie mich anlächelt mit ihren zwei Grübchen. Bine, ich werde bestimmt gerettet! Die müssen mich doch finden. Der Steiger weiß doch, wo er mich zurückgelassen hat. Und wenn nicht?

Der Elektrikergeselle Frank Erler, gerade die Ausbildung bei der *Germania* beendet:

Mit erst zwanzig bei einer Grubenexplosion tödlich verunglückt!

Ich sehe die Schlagzeile schon vor mir. Das darf nicht sein. Und wenn doch?

Meine Kehle ist wie ausgedörrt. Ich schmecke noch immer den dreckigen Staub pelzig und stumpf auf meiner Zunge. Ich brauch' Wasser zum Ausspülen und gegen den permanenten Durst! Hier unten in der gespenstischen, tiefen Dunkelheit riecht es modrig und feucht. Es muss doch irgendwo Wasser sein.

Ich robbe langsam weiter vorwärts. Mein geschundener Körper tut überall weh. Ich spüre jedes einzelne Stück Kohlegestein unter meinen geschundenen Gliedern. Plötzlich treffe ich mit meinen Händen auf etwas Hartes. Ich richte mich mühsam etwas auf. Hier geht es nicht weiter! Ich ertaste einen riesigen Brocken Gestein, der den Stollen versperrt.

Und nun? Ich nehme meinen Helm ab. Auf der Oberfläche des Helms fühle ich etwas Flüssiges, Glitschiges. Wasser? Ohne nachzudenken, lecke ich den Helm ab. Ich schmecke Feuchtes auf meiner Zunge. Ein paar Tropfen schlucke ich herunter.

Döse wieder ein. Ein Klopfen weckt mich. Haben die mich gefunden? Ich schreie: „Hier! Hierher!" Krächze, huste und atme schwer. Wie aus dem Nichts schießt ein dünner Lichtstrahl durch einen

Spalt im Gesteinsbrocken vor mir und erhellt mein Stollengefängnis. Bine, ich bin bald wieder bei dir!

Naht meine Rettung?

Junge und alte Liebe

Kruzitürken! Das kommt gar nicht infrage. Du spinnst wohl!" Während er das sagt, macht sich der eine Schnaps zu viel vom gestrigen Skatabend mit einem kurzen, heftig stechenden Schmerz im Kopf bemerkbar.

„Aber Papa, ich bin doch schon sechzehn!"

„Lass sie doch, Karl. Sie ist vernünftig und passt auf sich auf", bemerkt Mutter Cordula.

„Aber die Jungs nicht. Ich weiß, wovon ich rede. Kann mich noch gut erinnern, was meine Kumpels damals alles so angestellt haben … mit den Mädels! Bring' mir lieber mal eine Alka Selzer gegen meine Kopfschmerzen!"

„Ich muss doch auf meine kleine Tochter aufpassen, während sie groß und stark wird", wendet er sich grinsend seiner Barbara zu und tätschelt ihre Wange.

„Und du, du hast nichts angestellt? Glaub ich nicht! Du hast nur kein Vertrauen zu mir, im Gegensatz zu Mama."

Heinz-Willi stolpert die Treppe herunter und hätte fast die unterste Stufe verpasst. „Ach, mein großes Schwesterlein ist schon beim Frühstück. Na Babsie, wie war die Party in der *Kulle* letzte Nacht?"

„Danke, Cordula für die Tablette."

„Gibt's denn heute kein Rührei, Mama?"

„Du isst, was auf dem Tisch steht", meldet sich Oma Lotte zu Wort, die bisher still am Kopfende des Frühstückstischs gesessen hat und ihr Brötchen mit Marmelade isst. „Können wir uns an diesem schönen Sonntagmorgen denn einmal nicht streiten?"

„Papa, Simone, Greta und Leila aus meiner Klasse dürfen auch mitfahren, die Eltern haben es ihnen erlaubt!"

„Kann ich mir bei den Eltern von Leila aber nicht vorstellen!"

„Doch, gerade Erhan und Elke haben nichts dagegen. Sie vertrauen ihrer Tochter!"

„Und ihr Bruder Kevin beschützt sie gegen böse Jungs, Babsie!"

„Heinzi, dafür bist du ja noch nicht stark genug."

„Ich würde ja heute schon mächtig aufholen, wenn ich nur Rührei bekäme!" Heinz-Willi verschmäht allerdings die Croissants nicht. „Lass mir auch eins übrig."

„Gerne Mama, aber nur wenn du mir morgen Rührei mit viel Speck und Schnittlauch machst."
„Geht gar nicht, mein Sohn. Morgen ist Montag. Und da gibt's vor der Schule wie immer gesundes Müsli mit Obst."

„Sag mal Babsie, fährt denn der Kevin nicht mit auf eurer Wochenendtour nach Holland? Der kann doch auch auf dich aufpassen!"

„Ja klar, du Schlaumeier!"

Mutter Cordula schaut ihre Tochter an und merkt, wie sie errötet, als Heinz-Willi den Namen des Bruders von Leila nennt. Ach so, daher weht der Wind! Sie lächelt kopfschüttelnd Babsie an.

„Karl, können wir beide gleich allein darüber sprechen, ob Barbara den Ausflug machen darf?" Dabei hebt sie beschwichtigend ihre linke Hand in seine Richtung. Karl versteht den dezenten Hinweis und fragt seine Mutter: „Na Oma Lotte, besuchst du heute wieder deinen Freund Wilhelm?"

„Ja, wie immer sonntags! Ewig währt die Liebe, auch im Alter!" Verschmitzt schaut sie dabei rüber zu Babsie.

Liebesträume

Als ich den Teller mit einer Portion Omelette vor ihm auf den Tisch stelle, berühre ich leicht seinen Arm. Er blickt mich kurz an. Ich schaue unter mich, wie es sich gehört für ein sittsames Dienstmädchen im Hause der Familie von Klarow. Das war gestern Abend ganz anders.

„Wie lange hast du denn noch in deine Bücher geschaut, Albert? In deinem Zimmer brannte immer noch Licht, als wir von unserer Soiree nach Hause gekommen sind."

Der hat in etwas anderes tief geblickt. Wenn Madame das wüsste! Ich eile wieder zurück in die Küche, um von Olga die Kanne mit frischem Kaffee zu übernehmen.

„Danke, Marga!" Kommerzialrat Anton von Klarow hat die besten Tischmanieren. Und er behandelt sein Hauspersonal stets freundlich und zuvorkommend, auch jetzt, als ich ihm seine Tasse auffülle. Nur manchmal, wenn er allein mit mir im Zimmer ist, erlaubt er sich einen taxierenden Blick, den ich immer äußerlich unbeeindruckt weglächele. Da ist sein Sohn doch ein ganz anderes Kaliber.

„Anton, wir müssen unbedingt heute die Einladungen für unser Sommerfest schreiben. Sonst sind wir zu spät, und unsere Gäste haben schon andere Verpflichtungen."

„Aber Charlotte, am heutigen Sonntag bin ich doch mit Brenner und Carlson im Herrenclub verabredet."
„Erst um fünf heute Abend. Das können wir doch vorher erledigen!"

Albert streicht mit seiner rechten Hand durch seine pechschwarzen dichten Haare. Diese Bewegung macht er immer, wenn er verlegen ist. Ich räume seinen Teller ab. „Marga, kannst du mir Streichhölzer bringen."

Ja, Berti. So nenn' ich ihn immer, wenn wir allein sind. Er ist ein Träumer. Und am liebsten träumt er mit mir.

Wir können zusammenleben, weitab von Berlin in Italien, am besten auf einer Insel. Wo ich Strände, Berge und Menschen malen kann. Anstatt Jura zu studieren. Und wo ich dich male. Du bist so schön und du bist schlau, Marga!
Wendet sich mir zu und streichelt mir über die Wange.

Von diesen Bildern im Kopf beschwingt, lege ich die Schachtel mit den Streichhölzern vor ihm auf den Frühstückstisch. Als er mich für einen kurzen Moment anschaut, sind wir in dieser gemeinsamen Erinnerung vereint.

Lass uns weiter träumen, Berti, träumen darf auch ich!

„Anton, stell dir vor, der junge von Schreckendorff ist mit Elli, der Zofe seiner Mutter, durchgebrannt. Sie sollen in Nizza gesehen worden sein, wie mir die Gräfin Liebscher gestern beim Aperitif im Salon zugezischelt hat.
„Ach der Liebscher, dem größten Klatschmaul der Berliner Gesellschaft, kann man nicht trauen", erwidert ihr Gatte, nur kurz die Lektüre der Vossischen Zeitung unterbrechend.

„Tatsache ist, Philipp von Schreckendorff ist seit Wochen verschwunden. Hast du etwas erfahren, Albert? Ihr beide seid doch Kommilitonen und kennt euch auch sonst recht gut."

„Nein, Mama, ich habe ihn schon länger in der Uni nicht mehr gesehen. Ich weiß aber jetzt, was ich im Sommer mache."

Charlotte und Anton von Klarow schauen ihren Sohn erwartungsvoll an.

„Ich werde in Italien meine Malstudien fortführen."

Beim Abräumen der Frühstückstafel bin ich Zeuge dieser Unterhaltung unter den Herrschaften.

Berti und ich in Italien! Wie kann dieser Traum wohl wahr werden?

Mein Freund Igor

Ja, hier musste es sein. Zimmer Nr. 222. Mir war schon ein wenig mulmig zumute. Ich kannte ja den Mann noch gar nicht und wusste nicht, was mich erwartete.

„Du musst das übernehmen. Nicht mir zuliebe. Dem alten Menschen zuliebe, bitte Piet."
Immer, wenn meine Frau etwas von mir wollte, nannte sie mich „Piet" statt Peter.

Sie hatte ja eigentlich recht. Und sie konnte auch nichts dafür, dass sie seit gestern so stark erkältet war, kaum noch einen sauberen Ton herausbekam, hustend und mit ständig laufender Nase nicht zur Arbeit gehen konnte und eher nutzlos zu Hause bleiben musste.

„Du bist gerade wie ein Virenmutterschiff auf hoher See unterwegs", antwortete ich ihr, als sie mich unentwegt niesend und ihre Nase putzend fragte, ob ich denn statt ihrer den Herrn Walter besuchen könnte.

Meine Frau hatte sich spontan eine Wunschkarte vom diesjährigen Weihnachtswunschbaum unserer Stadt „gepflückt" und danach bereits mit dem

Heim einen Besuchstermin für den heutigen Tag ausgemacht.

Auf der Wunschkarte stand in Computerschrift geschrieben und auf einem runden, roten Pappdeckel in Christbaumkugelform geklebt:

Unser Heimbewohner Herr Waldemar Walter wünscht sich einen persönlichen Besuch und ein Gespräch mit einem netten Mitmenschen aus unserem Ortsteil.
Heimleitung Stift St. Maria

Nach dem ich mich unten an der Rezeption des Heims nach der Zimmernummer von Herrn Walter erkundigt hatte, stand ich nun vor seiner Zimmertür auf der zweiten Etage mit der Nummer 222 – und drehte diesen christbaumkugelrunden, roten Pappdeckel in meinen Händen.

Ein Namensschild „Herr Waldemar Walter" wie mit meinem Namen Peter Faßbender an der Bürotür bei uns in der Stadtverwaltung, in der ich arbeite, war in Augenhöhe rechts neben der Tür angebracht. Nur die Funktionsbezeichnung wie an meiner Tür im Büro fehlte. Ich überlegte kurz. Was könnte denn da auch hier schon draufstehen?

„Ich bin ein Star, holt mich hier raus!" wohl kaum, wie die aktuell laufende alljährliche, unsägliche

Unterhaltungssendung mit schon vergessenen „Z-Prominenten", die eigentlich in der Ablage verbleiben sollten und sich leider fortlaufend auf Wiedervorlage brachten.

Oder: „Haltestelle Endstation!" Letzteres wohl eher! Schon irgendwie makaber.

Ich klopfte. Aus dem Zimmer war nichts zu hören. Vorsichtig drückte ich die Türklinke nach unten und trat ein.

Ich befand mich in einem länglich geschnittenen, mit nur wenigen Möbeln eingerichteten Raum und sah einen Mann in der hinteren linken Ecke am Fenster sitzen, der mich offensichtlich noch nicht bemerkt hatte und konzentriert vor sich auf dem kleinen rechteckigen Tisch in einer Zeitung las.

Der Mann hatte schlohweißes längeres nach hinten gekämmtes Haar und einen Schnurrbart. Auf der ziemlich ausgeprägten fleischigen Nase saß eine kleine runde Brille mit schwarzen Bügeln, die hinter den von den weißen Haaren halb verborgenen großen Ohren verschwanden.

„Guten Tag, Herr Walter", sagte ich, nach dem ich mich vernehmlich geräuspert hatte. Er hob leicht seinen Charakterkopf, nahm seine Brille ab und legte sie auf die Zeitung. Sah mich kurz an und stutzte. „Ah ja, sie müssen mein Besucher sein. Aber…, mir wurde doch eine Frau … angekündigt", antwortete er mit einem leichten Akzent. Mit slawischen Einschlag, nach meinem ersten Eindruck. Und er lächelte mich dabei an.

„Das hat schon seine Richtigkeit, Herr Walter. Ich komme statt meiner Frau, die leider stark erkältet ist und sich daher entschuldigen lässt. Mein Name ist Peter Faßbender."
„Ach, wissen sie, Frauen schaue ich mir eigentlich lieber an." Dann machte er eine Pause. Und bevor ich antworten konnte, setzte er hinterher und grinste dabei schelmisch. „Aber mit Männern rede ich lieber. Das war schon früher in Russland so."

Seine Augen blitzten dabei leicht auf. Und ein kleines Tränchen stahl sich aus seinem linken Auge. „Willkommen in meinem kleinen, letzten Reich, Herr Faßbender. Den Namen habe ich doch richtig verstanden? Setzen sie sich zu mir." Und er wies auf den ihm gegenüberliegenden Stuhl, der mit einem hellblauen Polstermuster ausgestattet war.

Ich nahm Platz und sah jetzt aus der Nähe die vielen Furchen und einige Altersflecken auf seinem Gesicht und seinen Händen. Er schaute mich mit seinen leicht trüben, aber dennoch sehr wachen, hellblauen Augen an. Sein Blick blieb länger haften. Er musterte mich ausgiebig.

„Wollen sie etwas trinken?", fragte er schließlich und wies auf eine der drei grünlichen Wasserflaschen vor mir auf dem Tisch. „Viel kann ich ihnen nicht anbieten." Und für etwas anderes ist es wohl noch zu früh am Tag. Obwohl, auch das war manchmal anders, früher in Omsk, in Sibirien."
„Danke, Herr Walter. Ein Wasser trinke ich." Ich goss mir ein Glas Wasser ein. Wir schauten uns eine Weile an.

Herr Walter fragte mich dann: „Was arbeiten sie?"
„Ich bin bei der Stadt beschäftigt und leite das Ausländeramt. Wir haben gerade in letzter Zeit sehr viel zu tun." Ich machte eine Pause und schaute ihn an.

„Ausländer? Ausländer war ich auch mal. Als Deutscher in Sibirien."
„Erzählen sie, Herr Walter. Ich höre ihnen gerne zu. Dafür bin ich doch hier und nehme mir heute – wie versprochen – die Zeit."

Waldemar Walter blickte mich aus seinen kleinen wachen Augen an. „Wie viel Zeit haben sie denn?"
„Mindestens eine Stunde!"
„Das ist schön. Ob das reicht, weiß ich nicht", lachte er kurz laut auf und strich sich mit seiner

rechten leicht arthritisch verformten Hand durch sein schlohweißes Haupthaar.

„Wo war ich? Ah, ja! Ausländer. In dem Stadtteil in Omsk lebten einige hundert Familien, Deutsche vertrieben aus dem Ural, 1941." Er überlegte kurz und nickte dann. „Können sie mir auch ein Glas Wasser einschenken?"

Ich nahm sein Glas vor ihm und schüttete es halb voll. Mit seiner linken, ebenfalls von der Arthritis gekrümmten Hand hob er leicht zitternd sein Glas und trank einen großen Schluck.

„Ein paar jüdische Familien aus Deutschland stammend, waren auch dabei, wenn ich das noch richtig weiß. Egal! Wir waren alle sehr arm. Kamen so gerade über die Runden. Der Russe hat uns... in Ruhe gelassen. Klar, nach dem Krieg war es schwer. Wir hatten immer Hunger. Besonders wir Kinder."

Er stockte. Und schluckte. Plötzlich waren seine bisher so wachen Augen ausdruckslos. Er starrte vor sich hin. Er war wohl gerade ganz weit weg...

Ich entgegnete nichts. Trank einen Schluck aus meinem Glas. Plötzlich sagte er: „Igor. Ach, Igor. Mein Freund. Und jetzt Olena. Die mit dem langen

Zopf. Bis zum Po. Könnte seine Enkelin sein. „Entschuldigung. Wo war ich?"
Ich schaute ihn an: „Igor?"

„Der Stalin. Wo ich Olena fast täglich hier sehe. Meine Olena. Könnte Igors Enkelin sein," wiederholte er. „Mit dem habe ich … gearbeitet, damals in Omsk. War mein bester Arbeitskollege im Werk. Geschuftet haben wir. Geschwitzt. Gefroren. Und gesoffen haben wir. Der Stalin hat ihn auf dem Gewissen. Gegen den Stalin … war der Hitler … auch ein Schlächter. Hat die Juden vergast. Aber der Stalin hat die Ukrainer … verhungern lassen. Damals in den dreißiger Jahren. Igors Familie ausgerottet. Nur der Igor hat's überlebt. Millionen Ukrainer sind elendiglich verreckt. Und keiner hats mitgekriegt…!"

Waldemar Walter wischte sich erneut seine Tränen mit einer Serviette, die vor ihm auf einem leeren kleinen Teller lag, ab. Er stützte sich mit einer Hand auf den Tisch und griff mit der anderen Hand nach seinem Rollator, der neben dem Tisch am Fenster parkte. „Mein Auto." Jetzt lächelte er wieder und schaute mich direkt an. Rollte langsam und mit unsicheren Schritten zu dem kleinen Kühlschrank, der auf einem länglichen Regal stand, neben dem Fernseher an der gegenüberliegenden Wand.

„Soll ich ihnen helfen?"

„Nö, das schaff ich schon noch!"

Er brachte eine Flasche…Schnaps zum Vorschein. „Schön kalt, fast gefroren. So muss er sein. Schmeckt lange nicht so gut wie der damals mit Igor. Habe ich letzte Woche erst gekauft." Der Rollator mitsamt der Flasche und Waldemar Walter rollten wieder zurück zum Tisch.

„Trinken sie ihr Wasser aus. Jetzt gibt's was für die Seele! Und fürs Herz." Ich hob abwehrend die Hand. „Nix da! Keine Widerrede. Wir trinken auf Igor."

Er reichte mir die Flasche, trank sein Glas Wasser – leicht zitternd – leer und reichte mir die Flasche. „Wodka Gorbatschow" stand auf dem Etikett. Ich kippte ein bisschen Wodka in sein Glas und noch etwas weniger in meins.

Plötzlich ging die Tür auf. Und eine junge Frau in einem kurzen weißen Kittel über einer Jeans trat ins Zimmer. Ein langer, dicker, geflochtener Zopf reichte ihr bis zum Po. „Olena-chen! Welche Freude", rief Herr Walter sichtlich erfreut durchs Zimmer.

„Herr Walter-chen, …was ist da in den Gläsern? Der Arzt hat ihnen doch den Schnaps verboten."

Sie schaute ihn lächelnd an und schimpfte ihn mit erhobenem Zeigefinger aus. Dann ergriff Olena resolut die Flasche und stellte sie wieder zurück in den Kühlschrank. „Schluss für heute! Ich habe ihnen ihre Tabletten für heute Abend mitgebracht."

Sprach's und war auch schon wieder aus dem Zimmer verschwunden.
„Wann duschst du mich endlich?" rief Herr Walter hinterher und lachte mich an, dabei sein Glas hebend und austrinkend. „Na Zdorovje!"

Ich bemerkte, wie Herr Walter wohl seine Gedanken sortierte. „Wir sind Ende der 80-er Jahre nach Deutschland ausgesiedelt. Vorher von den Russen vom Ural nach Sibirien vertrieben. Zu der Zeit ging es uns wirklich schlecht. Russland ging es schlecht. Er machte eine Pause. Und Igor, mein bester Freund, mein Arbeitskollege…ist gestorben. Was sollten wir noch da? Vom Ural nach Sibirien und von Sibirien nach Deutschland. Einmal um die halbe Welt!"

Er hob sein Wasserglas mit dem restlichen Wodka, prostete mir zu und trank es aus. „Der Anfang in Deutschland war schwer. Meine Frau und ich konnten noch arbeiten. Sie als Putzfrau und ich als Nachtwächter. Wir arbeiteten abends und nachts. Und unser Sohn ging zur Schule und konnte sogar in diesem Land studieren. Meine Frau ist schon lange tot. Die schlaue Olga. Sie wusste immer alles besser als ich. Und meistens hatte sie recht. Den Verstand hat mein Sohn Alexander von Olga geerbt. Haben sie auch Kinder?", fragte mich Herr Walter.

„Ja, ein Junge und ein Mädchen, beide gehen noch zur Schule."

„Mein Alexander hat es weit gebracht. Arbeitet jetzt in Amerika." Stolz sprach aus ihm. „Er kann mich nicht besuchen." Er schluchzte. Schaute unter sich auf den Boden. Schaute dann mich an.
„Aber dafür sind sie ja heute da. Das ist schön."
„Erzählen sie mir noch mehr von Igor, ihrem Freund."

„Igor war wahrlich weise. Er kannte die russische, die ukrainische Seele. Er konnte tief ins Innere hinunterblicken. Der Mensch zähle nicht, Walter, sagte Igor immer wieder zu mir. Die Russen sind lebensfroh. Sie feiern gerne, sie sind gesellig, singen und tanzen. Die Ukrainer sind genauso. Sie haben das gleiche Gemüt wie die Russen. Was hätte Igor gesagt, wenn er jetzt erleben würde, wie Russland sein Brudervolk angreift und ermordet?"
Er schaute mich fragend an.

„Igor wäre tieftraurig", antwortete ich.

„Ja, und er hätte geschimpft. Sein großes Glas Wodka ausgetrunken und es wütend gegen die Wand hinter sich geknallt. Und dann hätte er gesagt. „So ist der Russe, lässt sich verführen. Von seinen Herrschern …über Jahrhunderte. Zaren, Lenin, Stalin… und jetzt Putin. Das Volk zahlt die Zeche, leidet, stirbt. Und warum das alles?"

Waldemar Walter blickte mich traurig an. „Igor wäre mit mir im Sommer ganz früh am Sonntagmorgen zum Angeln gegangen an das unbefestigte Ufer der Irtych. Wir hätten stundenlang schweigend nebeneinandergesessen. Ab und zu hätte er vor sich hin geflucht. Einen Schluck aus der Flasche genommen. Zu sich selbst gesprochen. Und dann wäre er plötzlich aufgesprungen. Dabei wäre sein Plastikstuhl umgekippt. Igor wäre mir um den Hals gefallen, hätte mich emporgerissen und lange umarmt, dabei geschluchzt und geflennt. Und dann hätte er sich langsam wieder beruhigt und wäre zu seinem Angelplatz zurückgegangen. Und hätte, ab und zu aus seiner Flasche trinkend, in den trüb und langsam dahinfließenden Fluss gestarrt und geduldig gewartet, bis ein Stör anbeißt."

Ich schaute kurz auf die Uhr an der Wand über dem Tisch. Seit eineinhalb Stunden war ich schon hier in Herrn Walters Zimmer. Was sind diese neunzig Minuten schon in meinem Leben verglichen mit den neunzig Minuten von Waldemar

Walter hier mit mir? Mein Blick blieb auf einem gerahmten Schwarzweiß-Foto neben der Wanduhr haften. Offensichtlich zeigte es Herrn Walter mit seiner Frau Olga und ihrem Sohn Alexander in der Mitte.

„Das Bild ist wohl vor 35 Jahren entstanden. Da sind wir gerade in unsere erste Wohnung, in Köln war das, eingezogen", sagte Waldemar Walter, als er meinen Blick auf das Foto bemerkte. „Eine glückliche Zeit, wahrscheinlich die glücklichsten Jahre in unserem Leben. In meinem langen Leben…!"

Herr Walter schwieg jetzt. Er blickte weiter auf das Familienfoto an der Wand. Ich stand auf, reichte ihm die rechte Hand. Auch er erhob sich langsam aus seinem Stuhl, schaute mich kurz an und sagte: „Herr Faßbender, vielen Dank, dass sie heute hier waren, seine Augen inzwischen etwas müde auf mich gerichtet.

„Ich danke ihnen, Herr Walter. Auf Wiedersehen. Und ihnen alles Gute."

Als ich die Zimmertür hinter mir geschlossen hatte, schaute ich noch einmal auf das Namensschild neben der Tür. Vielleicht sollte da geschrieben stehen:

„Ich heiße Waldemar Walter. Kommen Sie doch bitte bald wieder. Und ich erzähle Ihnen noch mehr von meinem Freund Igor und von mir."

Ein Gedicht als Vermächtnis

Es klingelte an der Tür. Wer konnte das denn jetzt noch sein? „Heinz, machst du mal auf? Ich bin gerade im Bad", rief meine Frau. Ich saß in meinem Fernsehsessel. Die Sprecherin der Tagesschau sagte soeben: „Guten Abend", als Elisabeth dazwischenrief.

Etwas mühsam und auch ein bisschen missmutig erhob ich mich, bin ja auch nicht mehr der Jüngste. „Ja, ja, ich gehe ja schon!"

Als ich die bereits für heute verschlossene Wohnungstür einen Spalt weit geöffnet hatte, schaute ich in das freundliche Gesicht eines noch recht jugendlich wirkenden Mannes, allerdings schon mit einigen grauen Sprengseln auf dem schwarzhaarigen Kopf und Vollbart.

„Entschuldigen sie die späte Störung, Herr Schüller." Unseren Familiennamen las der gut gekleidete Mann vom Türschild ab, als er ihn vernehmlich aussprach, so dass selbst ich mit meinem bereits eingeschränkten Hörvermögen ihn noch gut verstehen konnte.

„Ich darf mich kurz vorstellen. Mein Name ist Johannes Rautenberg. Ich bin der einzige Sohn von

Wilhelm Rautenberg." Rautenberg? So hieß doch der Mieter im Dachgeschoss. Sonst konnte ich mich auf die Schnelle an niemanden sonst mit diesem Familiennahmen erinnern.

„Mein Vater ist gestern verstorben, Herr Schüller", sagte Johannes Rautenberg. Ich merkte, wie er dabei schluckte. Er nahm seine Brille mit den schwarzen Bügeln ab und wischte sich verstohlen eine Träne aus dem rechten Auge. Ich hatte den Eindruck, dass er diesen Satz noch nicht so oft formuliert, ihn schon gar nicht laut ausgesprochen hatte.

Bevor ich darauf einfach so antwortete...das tut mir aber leid, erwiderte ich dem jungen Mann in unserer Wohnungstür: „Kommen sie doch bitte herein, Herr Rautenberg."
„Ich will sie nicht stören."
„Nein, nein sie stören uns nicht", versicherte ich ihm.
„Aber nur kurz, ich muss noch einige Erledigungen machen."

Johannes Rautenberg trug ein dunkelblaues Jackett zu einer blauen Jeans, jedoch keinen Mantel an diesem nasskalten Tag im November. Vielleicht hatte er ihn ja auch oben in der Wohnung seines Vaters gelassen. Sein Vater, der jetzt gestorben war, plötzlich, unerwartet, einfach so?

Elisabeth hatte zum Glück inzwischen noch nicht ihr Nachthemd angezogen und blickte neugierig auf unseren späten Besucher. Sie schaute mich fragend an …

„Elisabeth, der junge Mann ist Herr Rautenberg, der Sohn von unserem Mitbewohner. Stell dir bloß vor, Herr Rautenberg ist gestern gestorben."

Elisabeth wandte ihren Blick auf den späten Gast und schlug ihre rechte Hand erschrocken vor ihren Mund. „Oh mein Gott, das tut mir aber leid!"

Und dann sagte sie, typisch für meine Frau, Johannes Rautenberg musternd: „Sie sehen ihrem Vater aber sehr ähnlich!" Dieser überraschende Satz entspannte augenblicklich die Gesichtszüge unseres Besuchers etwas. Ich meinte so gar den Anflug eines Schmunzelns zu entdecken.

„Aber setzen sie sich doch, Herr Rautenberg", wies Elisabeth Herrn Rautenberg auf das Sofa, gegenüber dem Fernseher, den ich inzwischen ausgeschaltet hatte.

„Woran ist denn ihr Vater gestorben?", fragte Elisabeth.

„In den letzten Monaten war er ständig etwas kränklich, musste auch mehrere Wochen zu Hause oft das Bett hüten, wie er mir am Telefon sagte."

„Können wir ihnen etwas anbieten, ein Wasser, eine Tasse Tee?", unterbrach ihn Elisabeth.

„Nein, vielen Dank, ich muss gleich wieder los! Ja, und dann ist er, das muss vor ca. drei Wochen gewesen sein, noch einmal bei seinem Hausarzt gewesen. Und der hat ihn dann sofort ins Krankenhaus eingewiesen. Dort haben die Ärzte wohl eine verschleppte Lungenentzündung festgestellt. Von der hat er sich leider nicht mehr erholt und daran ist er gestern gestorben. Ich konnte ihn nur einmal im Krankenhaus besuchen. Denn ich wohne in einer Stadt, mehr als 600 km weit entfernt…leider", bedauerte sein Sohn und schaute uns beide traurig an.

„Können wir ihnen helfen? Können wir irgendetwas tun?", fragte ich den bedrückt unter sich und auf den Boden blickenden Sohn.

„Nein, nein, mein Vater hat alles vorsorglich geregelt. So wie er immer alles geregelt hat. Sowohl für sich selbst als auch für seine Frau, meine Mutter. Vielen Dank für ihr freundliches Angebot. Ich komme schon allein klar, Herr Schüller."

Dann griff er mit der linken Hand in die rechte Innentasche seines Jacketts und übergab mir einen Brief. Zugeklebt. In gut lesbarer Handschrift mit kleinen Buchstaben stand auf dem Umschlag:

„An meine Nachbarn Elisabeth und Heinz Schüller"

Ohne Absender. „Diesen Brief habe ich beim ersten Durchsehen in seiner ledernen Dokumentenmappe entdeckt. Im Krankenhaus sagte er mir, dass ich dort alles finden werde, was nach seinem Tode wichtig sei, woran ihm liegt und was ich noch erledigen solle."

Ich schaute mein Frau etwas überrascht an und gab den Brief instinktiv weiter an sie, die ihn erst einmal behutsam auf den Tisch legte.

Johannes Rautenberg blickte auf seine Armbanduhr. „Ich muss aber jetzt weiter, habe noch Einiges zu erledigen."
Ich stand wieder von meinem Sessel auf und geleitete unseren Gast durch den Flur zur Wohnungstür. Als Johannes Rautenberg in der geöffneten Tür stand und sich noch einmal kurz umwandte, drückte ich seine Hand und sagte „Mein herzliches Beileid, Herr Rautenberg!"

Bevor er die erste Stufe auf der Treppe nach oben nahm, schaute er mich noch einmal an und verabschiedete sich mit den Worten: „Mein Vater hat sich gewünscht, dass alle Nachbarn im Haus zu seiner Beerdigung kommen sollen. Wenn der Termin feststeht, werde ich sie informieren. Auf Wiedersehen, Herr Schüller."

Langsam ging ich ins Wohnzimmer zurück, wo meine Frau erneut den Brief in den Händen hielt. Wir schauten uns beide an. Tauschten gegenseitig fragende, erstaunte Blicke aus. Elisabeth fand als erste ihre Stimme wieder. „Heinz, wir kennen, Entschuldigung, kannten ihn gar nicht so richtig, den Herrn Rautenberg." Und sie legte den Brief – ungeöffnet – mit der Anschrift nach oben auf den Wohnzimmertisch.

„Ich habe ihn ein paar Mal im Treppenhaus getroffen. Einmal in der Stadt beim Einkaufen im Supermarkt. Er war immer nett und freundlich. Hat seinen Hut gezogen, den er immer trug. Und wir haben uns gegenseitig einen guten Tag gewünscht. Und das war's auch schon", sagte ich.

„Er wohnte auch noch nicht so lange bei uns im Haus", erwiderte Elisabeth. „Ist wohl nach dem Tod seiner Frau in die kleine Wohnung nach oben gezogen, wie mir das mal Frau Gertenbrink erzählt hat, als ich sie unten vor ihrer Wohnungstür angetroffen habe", fügte meine Frau hinzu.

„Damals beim Supermarkt sind wir uns an der Kasse begegnet", sagte ich. „Beim Anstehen erzählte er mir, dass er schon seit einigen Jahren Rentner sei. Wo er denn gearbeitet habe, fragte ich ihn. Bei Meyer & Söhne, hier im Gewerbegebiet. In der Poststelle und Registratur, gab er zur

Antwort, 35 Jahre lang. Und dann sagte er noch, jetzt könne er sich voll und ganz seinem Hobby widmen, der Literatur und seinen Büchern. Mehr weiß ich nicht von Wilhelm Rautenberg.“

„Ich bin ihm auch nur hin und wieder im Treppenhaus begegnet. Er schien dann immer leicht außer Atem zu sein auf dem Weg nach oben in seine Wohnung“, stellte Elisabeth fest.

„Soll ich ihn öffnen?“, fragte meine Frau und zeigte auf den Brief vor sich auf dem Tisch. Hatte ihn aber schon sogleich in der Hand und riss die zugeklebte Lasche auf, wohl doch neugierig geworden auf den Inhalt des Briefes, so wie ich auch.

Sie entfaltete einen DIN A 4 Bogen. Schaute mich kurz an und las mir und sich laut vor:

Ein Gedicht an meine Nachbarn!

Sie kennen mich nicht und ich sie auch nicht.
Getroffen haben wir uns, gegrüßt aus Pflicht!
Ich kenne von den Klingelschildern ihre Namen
Frau Gertenbrink, die Familien Günter und Dahmen,
Eheleute Schüller, Kevin Müller und Rosa Bauernfeind,
Nachbarn und nette Zeitgenossen, aber mit niemandem Freund.

Das sollte so nicht sein und bleiben,
Einmal vielleicht gemeinsam die Zeit vertreiben
Das schlage ich vor mit diesem Gedicht,
Was an alle im Haus ist gericht'!
So verfüge ich, nach meinem Tode soll's geschehen,
Auf meiner Beerdigung sich alle wiedersehen!

Da saßen wir dann tatsächlich alle zusammen. In Krüger's Café an der Adenauer-Allee, gegenüber dem Hauptportal des Städtischen Friedhofes. Nach dem wir gerade an diesem sonnigen Novembertag unseren Nachbarn Wilhelm Rautenberg, geb. am 15. August 1949 und gestorben am 8. November 2024, zu Grabe getragen, der schlichten, aber feierlichen Beisetzung seiner Urne unter einem kleinen Bäumchen beigewohnt hatten.

Alle erwachsenen Mieter des Hauses waren da. Sogar das wohl unverheiratete Pärchen Kevin Müller und Rosa Bauernfeind. Beide in diesen dunklen Klamotten, die sie ständig trugen. Elisabeth sagte immer, das sei „gotisch". Sie hatten fast an allen sichtbaren Körperstellen, selbst vereinzelt im Gesicht, Tattoos. Zum heutigen Anlass passte ihr schwarzes Outfit!

Neben ihnen saßen Frau und Herr Günter vor ihrem Stück Streuselkuchen. Beide, wie mir schien, etwa gleich groß – und gleich dick. Rundlich.

Gemütlich. Sie befanden sich im lebhaften Austausch mit Herrn und Frau Dahmen, die ohne ihre beiden Kinder der Einladung zum Leichenschmaus gefolgt waren. Auch von diesem Ehepaar wusste ich leider nicht die jeweiligen einzelnen Vornamen, weil sie nicht auf den Klingel- und Türschildern standen. Mir wurde wieder bewusst, dass ich eigentlich wenig bis nichts von meinen Mitbewohnern wusste. Elisabeth hatte sicherlich mehr Kenntnisse von den Bewohnern des Hauses, in dem wir schon seit etwa fünf Jahren als Rentner lebten.

Der nette und zuvorkommende Jochen Rautenberg und seine reizende Frau begrüßten nicht viele Trauergäste anlässlich des Begräbnis ihres Vaters und Schwiegervaters: wohl einige, aber wenige Verwandte und Leute aus seiner Firma. Ein ehemaliger Kollege von Wilhelm Rautenberg erzählte mir, dass Herr Rautenberg jahrelang Leiter der Poststelle und Registratur bei Meyer & Söhne gewesen sei. Als dann aber vieles bei ihnen in der Firma digitalisiert worden sei, verlor er diese Position und arbeitete anschließend bis zu seiner Pensionierung im Lager.

Bei unserer Verabschiedung sagte mir der ehemalige Kollege auch noch, dass Herr Rautenberg Germanistik und Literaturgeschichte studiert habe.

Sein Studium aber wohl aufgeben musste, als seine Frau schwanger geworden sei.

Selbst Frau Gertenbrink war zur Beerdigung gekommen, auch zu diesem traurigen Anlass schick angezogen, geschminkt und rausgeputzt. Als Hausbesitzerin lebte sie im Erdgeschoss. Ihre Wohnung war viel größer als das Appartement des „Gotik"-Pärchens auf der gleichen Etage.

Die Dahmens waren so nett, Elisabeth und mich in ihrem Auto mit nach Hause zu nehmen und uns damit die 20-minütige Busfahrt zu ersparen. Wir hatten ja alle den gleichen Rückweg. Auf dem Heimweg stellten wir uns noch einmal gegenseitig förmlich vor. So erfuhr ich auch die Vornamen Hildegard und Herbert, sie 46 und er 49 Jahre alt, ihre Tochter Lisa 14 und ihr Sohn Maximilian 11 Jahre alt.

Kurz vor Auflösung der Kaffeetafel anlässlich der Beerdigung unseres ehemaligen Mitbewohners Wilhelm Rautenberg in Krüger's Café schlug die leut- und redselige Frau Günter, sie hatte den gleichen Vornamen wie meine Frau, vor, eine WhatsApp Gruppe für die Hausgemeinschaft einzurichten: Die Bewohner des Hauses einigten sich dann nach lebhafter Diskussion auf den WhatsApp Gruppennamen *„Herrn Rautenbergs Vermächtnis"*.